文春文庫

女と男の品格。

悩むが花

伊集院 静

文藝春秋

女と男の品格。

悩むが花

目次

哀しみにはいつか終りが来る

Q

母娘三代にわたり男運が悪いのはなぜなのでしょう？　私がいま心配なのは、これが四代、五代と続くこと。どうしたら男運の悪さを断ち切ることができますか。
以下は、私どもの「男運の悪さランキング」です。ご笑覧ください。
1位　娘（43歳）……六歳下の夫がニート。義父の生命保険（三千万円）を数年で使い果たした上、借金二百五十万。すべて私が立て替えました。
2位　母（89歳）……二十四歳で夫（私の父）と死別。再婚するも、新しい夫は酒&ギャンブル好き。退職金を使い果たし、金を残さず死去。
3位　私（66歳）……十四年前に死別した夫がギャンブル好きで多額の借金を残す。すべて私が返済。

（66歳・女・主婦、元教師）


まあ見事なものですな。

祖母《おばあ》さん、あなた、娘さんと三代にわたって、いささか問題があった亭主にあたったということですか。

あなたにとっては、いささかではないんでしょうな。

しかし二度目のお父さんも、あなたのご亭主も、娘さんのご主人も、皆しあわせ者ですな。

あなたという人がいなければ、ご亭主はギャンブル好きで借金を残してくたばったどうしようもない男になっていたんですから。娘さんもそうです。今、彼女がなんとか生きていられるのも、あなたが義理の息子の借金を返済したからだ。エライね。

それで、あなたの心配は、三代続いた女たちの苦労が、この先も続くのでは？　ということですか。

私の勘ですが、そりゃおそらく続くでしょうな。

どうしてかって？

それはあなたが男たちの面倒をみるからですよ。借金残して死んだ男は、どうしようもない男として死なせた方がいいんですよ。あなたは面倒をみすぎなんですよ。そういう女性の所に、その手の男が寄ってくるのが、世間というもんです。おそらく、あなたの血脈は、血が温かいんですよ。あなたは私たち男にとっては有難い方ですよ。

それに、あなたの文章から察するに、祖母さんも、娘さんも、そしてあなたも、不幸に思えないところが、私としてはイイ感じなんですな。

人生、いろんな**苦労も、過ぎてしまえば笑い話になる**生き方もありますから。

孫や、ひ孫の心配なんぞまったくする必要はありません。がんばりましょう。

Q

東日本大震災で、最愛の人を失いました。毎日がむなしく、いまは生きる気力がまったく湧いてきません。愛する人を失った悲しみを、どう乗り越えたら、よいのでしょうか？

（51歳・男・公務員）

今回の震災でね。最愛の人を失った？

今は生きる気力もないのですか？

私も震災のように痛ましくはなかったが、弟や妻を失くした経験があるから言わせてもらうけど、生き続けていれば、これは時間が解決してくれる。

〝**時間がクスリ**〟という言葉は本当だ。

しかしそれもあなたが生き続けることが大前提だから。

生きていなければ見えないものがあるのが世の中だ。絶望の中で死を選んだ人や友を何人か知っているが、歳月が過ぎれば過ぎるほど、生きていれば、今頃、あいつと酒も飲めたし、笑って話すこともできたろうに、と思うことがしばしばある。

あなたはどうやって乗り越えたらいいのかと訊《き》くが、人間の哀しみのかたちは、喜びのかたちにはどこか共通点があるのに対して、ひとつひとつ違っているから、誰かの言葉や差しのべた手ですぐに快復できるものとは違うのだと思うよ。

だから乗り越えようなんて思わないことだよ。乗り越えようと思うと、そこに無理が出るものだ。たとえば自分には上手く乗り越えられないんじゃないかと不安になったりするからね。

君は君にしか見えない沼に半身を沈めているようなものだ。もがいたり、あがいたりすれば深みに嵌《は》まる。じっと耐えることだ。

人の死は、その人と二度と逢えないことだけで、それ以上でも以下でもないから、必要以上に哀しまないことだ。

君に今言えるのは、**哀しみにはいつか終りが来る**、ってことしかないな。

こう言っても信じられないだろうが。

耐えてくれ。耐えてやれ。そうじゃなきゃ、死んだ人までが不幸になる。

Q

夫が亡くなってから憔悴《しょうすい》しきっていた姉に、私は先生の著書で知った「哀しみにも終りがある」という言葉を教えたのです。そして一年が経った今、姉は「哀しみは薄らいできたけれど、寂しさは募《つの》る一方なの」と言います。先生、寂しさにも終りはあるのでしょうか?

（60歳・男・会社員）

お姉さんは可哀相なことになりましたね。

同じように愛する伴侶を失った人は、この世の中に数知れずいるのが、人間の生きている社会、世間なんですね。

しかし同じような立場で頑張ってる人もいるのよ、と言っても、それはお姉さん当人には安らぎの言葉にも、踏ん張る理由にもならないだろう。

人と人が出逢って、運命とも思えるような、お互いの愛情が芽生えて、育《はぐく》んで、人生の大半を過ごす。その出逢いから、満ち足りた日々（勿論、憎悪もあって当然なんだが）を経て、そして別離がやって来る。言葉で書くと、ただの経緯にしか思えないが、実はその当人同士しかわからない、充実、互助、安堵《あんど》と言った想像もつかない絆《きずな》が、そこにあり、それはとても言葉では言いあらわすことができないんだナ。しあわせの表情が皆どこか似ているのに、不幸せ、悲哀、別離の表情が誰も皆違うのは、その満ち足りていた時間が身体に沁《し》み込んでいるからなんだ。

哀しみは薄らいでも、寂しさが募る一方だ、とお姉さんがおっしゃったのは、そこなんだよ。自分でわかっていても、**身体に刻まれた記憶は易々《やすやす》とは消えない**し（真実、消えることはないんだ）、辛いものだ。

ではどうするか？

見守るしかないんだナ。

なるたけそばで（遠くでもいいが）お姉さんとともに私も生きているということを話すしかない。

そうすればこれは時間が解決してくれる。尖《とが》ったこころ、切ない思いを少しずつやわらげてくれるはずだ。

勿論、そうできない人もいる。しかし人間は一人で生きているわけではないから、自分以外の人のためにと発想できる日はやって来るものだ。

他人の哀しみを理解しようとしてはいけません。しかしその哀しみに手を差しのべたり話に耳を傾けるなど、ともに生きる姿勢を持っている人がいれば、必ず笑う日がやって来ます。

Q

塗装業で見習いとして働いています。仕事もあまりできる方ではないのですが、それ以前に根本的な部分で気が利《き》かず、理解力がないなど毎日怒られています。僕は塗装の仕事が好きで、一生の仕事にしたいのですが、自信が無くなってきました。気を利かせたり、理解力を身につけるには普段からどう気を付けて生活すればいいでしょうか？

（25歳・男・塗装業見習い）

ここに持ちこまれる相談事は、ほとんどがソウダンと言うより、ジョウダン半分ってのが多いのだが、君は真剣に悩んでいるようなので、少し真面目に考えてあげよう。

塗装業の見習いをしているのか。

イイナアー。

塗装業ってのは、私も仕事振りを見ていて、やり甲斐《がい》のある仕事だろうナ、と子供の頃から憧れていた職業だ。

何がいいかって？

塗装の仕事が満足に、綺麗に仕上がった時の達成感というか、充実したものは他の仕事にはなかなかないんじゃないかナ。

私の仙台の家も、この間から、あの地震以来初めての工事が入って、外装をしている職人さんたちの仕事を見ていて気持ちが良かったな。
あんなふうに綺麗に仕上がるのだから、実際の作業は、根気と丁寧《ていねい》さが必要で大変だとは思うけどな。

さて君の悩みだが、まずは、仕事もあまりできる方じゃないと書いてるが、そりゃ当たり前だ。学校を出てすぐにその仕事についたばかりで、いきなり上手くできるものなら、それはたいした仕事じゃないってことだ。十年、二十年、三十年でやっとできる仕事だから、いいのさ。

見習いにしちゃ、上手いもんだ、なんて言われてたら、将来まず伸びないし、**若いうちの失敗がなきゃ、ゆくゆく独自の仕事は完成しない**ものだ。

次に君は根本的に気が利かない、理解力がないと言うが、職人の仕事で気ばっかり利いてたら、そりゃ二流で終る。すぐに理解できるんじゃ、たいした仕事はできない。

これまで私が立派な職人さんたちと話してみると、名人（別に名人じゃなくていいが）までなった人は、皆共通して、若い時は不器用そのもので、と語る人が多いもの。

一生の仕事にしたいなら、今のままでいいから、親方、先輩の言うことをよく聞いて、ともかく誠実に、丁寧にひとつひとつの仕事をこなしていくことだ。まず今から三年、休日も自分で習ったことをやり続けなさい。**不器用なら人の十倍やることだ。**実はそれが本物の仕事を見つける唯一の方法なんだ。

Q

読書が好きです。気に入った書物があると繰り返して読むことが多いのですが、それよりもどんどん新しい書物に手を出すほうが良いのでしょうか。繰り返して読む必要のないくらい、一度でじっくりと味わうべきでしょうか。作家である先生のご意見をお願いします。

(14歳・男・中学生)

中学生の君は読書が好きなのか？ いいことだね。この頃は若い人は本を読まないからね。

人生を航海にたとえたのはイギリス人だが、アングロサクソン人は、それだけ死生についてよく考え、生きていく日々が決して晴天ばかりではないことを語り継いでいたんだろうな。

嵐の日もあれば、凍《い》てつく寒さの日もあるのが、大海を行く航海というものだ。航海のたとえの肝心は何よりまだ見ぬ目的地をめざして、日々の苦節を乗り越える点にあるんだろうね。

そのことで言えば、読書を〝言葉の海〟に一人で小舟で乗り出すことだと表現した人がいる。

読書は、自分が知らない、ゆたかな世界を、本を読むだけで得ることができるという、素晴らしい力を持っているからね。

さて君の相談だが、次から次に出版される新しい本をできる限り読もうなんてしてはダメだ。

読書が辿り着くところは、君が、運命の一冊に出逢うことにあるんだ。

素晴らしい読書は、それが小説であれ、伝記であれ、旅行記であれ、人生の中で何度か読み返すことができる一冊の良書に出逢うことにつきるかもしれないね。

一冊の本でも、十代で読んだ時と五十代で読んだ時では、その年齢の時々《ときどき》で、それまで気が付かなかったものの発見があるんだ。

一冊の良書にめぐり逢うことは、人生において一人の友人に出逢うことと同じ価値があるんだ。

では作者が、そこまで意識して執筆したかというと、これがそうでもないんだ。そこが本というものの魅力で、かつ不思議なところだ。

良書はそうなるべく運命を持って誕生すると私は考えている。

古今東西、名著と呼ばれるものには、そういう力がある。だから〝言葉の海〟へ旅することが好きなら、君は必ず、その一冊に出逢うはずだ。

あとはアドバイスとしては、すぐにわかる本は底が浅い。本というものはわからない所が必ずある。それがやがて人生の経験とともに理解できる日が来る。そう考えると、**読書はそれだけでは意味がない**ということだ。本を読むかたわらで、きちんと日々を生きてる人にこそ良書との遭遇があるということだ。

この話、実は中学生の君だけではなく、今の大人たちにも言いたいことなんだ。

涙は、哀しみと苦しみのためだけにあるんじゃない

Q

ご飯を食べることにいちばん幸せを感じます。婚約中の彼氏とのデートでも大盛りは当たり前。しかし彼氏は小食で食に対する欲求があまりなく、私の大食いを理解できないようなんです。結婚してからは、食に対する感覚の違いは何かと問題になってきそうで、今からとても心配しています。（23歳・女・会社員）

そうかね。二十三歳のお嬢さんは、食事をする時が一番しあわせなんだ。

人間、生きていて、何か楽しみがあるってことはイイコトだよ。

その楽しみが食事なら、美味《おい》しいものをお腹一杯食べて、そりゃ毎日満足できるわナ。

それで何だって？　フィアンセの男があまり食事を摂《と》らない？

食が細いってやつか。食の太い、細いは体質もあるからナ。

私は、よく食べる女性は好きだし、見ていて気持ちがイイもの。一番困るのは、食事に行って、ハシ、フォークを一、二度しかつけないで、もう腹が一杯で食べられない、ウッフ〜ン、なんて女だナ。目の前の料理をそいつの頭にぶっかけたくなるわナ。

よく食べる女性は、イイ女性なんですってと、フィアンセにそう言ってやりなさい。

それでもぐだぐだ言うなら、婚約解消しなさい。人間の楽しみは〝生きる活力〟なんだから。

楽しみを持っていない人生なんて面白くもなんともないって。

しかし、楽しみにもいろいろあって、私の友人などには、寝ることが一番しあわせだって男もいるしね。それを聞いて、おまえそのうちずっと寝られるんだからと言ってやったら、そいつがこう言った。

「そうなんだ。寝ることがしあわせなんだから、俺は死ぬなんてちっとも怖くねぇんだ。ずっと寝られるってのはさぞ気持ちがいいことだろうってね」

かと思えば、知ってる銀座のネェチャンは綺麗な衣服を着ることが一番しあわせって言うんだナ。それを聞いて、けど最後はそれも焼かれて終るんだぜ、と言うと、

「そうなの、それが一番嫌なの。だから今から最後にどんな衣装を着ようかって考えてるのよ」だと。人間いろいろだよな……。

Q

年相応に健康面での不安があります。それはいつか自分がボケてしまうんではないか、そしていつか、うわ言で大学時代から友達以上の関係を結んできた〝彼の名前〟を口にしてしまうんではないかという不安です。彼とはデートできるのは年に数回ですが、四十年以上の付き合いになります。友達は「ボケたもん勝ちよ」などと笑っていますが……。

（64歳・女・自由業）

六十四歳の妻であり、母であるあなたが、秘密の愛を育んでいて、あなたがボケてしまった時、秘密の愛人の名前を旦那さんやお子さんの前で、うわ言のように呼んでしまうんじゃないかと心配ですか？

そんなこと心配する必要はないんじゃないのか。だってあなたはすでに認知症になり、さまざまなことの判断ができないんだから、旦那さんやお子さんの驚きようも、あなたには認知できないんだから。

それに、

「今、口にしたのは誰のことだ？」

と家族に訊かれても、あなたがどう返答するかは、あなた自身もわからないんだから。

人間というものにとって、わからないものに不安を抱くことほど愚かなことはないから。

その友達の「ボケたもん勝ちよ」という発想は意外と的を射てる気がするよ。

まあ、その時が来るまで、四十数年間、二人で愛を育んだ相手を大切にしてあげなさい。大切なのはボケることを考えるより、そっちだと思うよ。

それにしても「ボケたもん勝ち」はなかなかだね。わしも参考にさせてもらうよ。

Q

いまだに人生で「感動して泣く」ということを体験していません。悲しみや苦しみの涙ばかりです。周囲には映画などを観て、感動して涙を流し、「泣いちゃったよ」とアピールしてくる人が多く、そのような場面に出くわすと逆に白けた気持ちになってしまいます。私は血も涙もない人間なのでしょうか。先生は感動の涙を流したことはありますか？　（19歳・女・大学生）

いや、そうじゃない。

私も、涙を人前で見せることを、大人の男として善しとせずに今日まで生きてきた。

それと〝感動して泣いた〟経験がないというのは、少し話が違うナ。

感動したからって別に泣く必要はないし、そういうこころ持ちで周囲に起きることを見ている人間はいくらでもいるよ。

ただ涙をよく流す人や、ほんの少しのことでも感動というか、興奮してしまうのは体質であって、それはそれでイイんじゃないかと思うけどなあ。

涙は、悲しみと苦しみだけのためにあるんじゃないと思うぜ。あんまり可笑《おか》しいことがあって笑い転げている時に目がうるむ人は結構多いよ。

けどそうでないあなたが血も涙もないと思う人は誰もいないさ。

しかし、この頃、思いっきり声を上げて、理由もなく泣き合うサークルがあるんだとよ。聞けば、そうとうスッキリするらしいよ。

どう思うかね？

Q

他人に謝るのが癖になっています。道で相手の不注意でぶつかられた場面でも、まず「すみません」という言葉が出てきてしまいますし、ホテルでボーイに荷物を持ってもらうときも、店で商品を店員から受け取るときにも必要以上にお礼の言葉が出てしまい、周りの友達なんかからは「そんなに謙遜《けんそん》した態度じゃなくてもいいのに。舐《な》められるよ」と失笑される日々です。元々、オドオドした性格ではあるのですが、この癖、直したほうが良いでしょうか？　（30歳・女・主婦）

あなたのは謝っているのではなく、ただ、すみません、と頭を下げるのが癖になっているだけのことだから。

一人の人間がこころから謝罪をするという行為は、実は大変なことなんだ。謝る側もよほどこころして謝らないと、その気持ちは通じない。

同時に、謝罪を受けた側は、たとえこころの奥底で、憤りや、怒りがすぐに消えていなくとも、それを受け入れる力がないとダメなんだ。

許すということは、そんなにた易《やす》くできるものじゃない。しかし謝罪をして来たら、許すという姿勢を己の中に作り出して行くことが、共生の基本だと私は思う。

そんなだいそれたことを訊いて来たんじゃないか？

何でもかんでも簡単に謝るのは、それは間違い。他人に頭を下げるという行為は本当に大変なことなんだよ。

Q

健康のことも考えて、お酒はほどほどにしようと考えているのですが……。いざ一杯、ビールで乾杯すると、そこから先はノンストップで朝までコース。酔っぱらって正常な判断ができなくなり、結局飲み過ぎてしまいます。どうやったら「ほどほどに飲む」ことができるのでしょう？（37歳・男・会社員）

酒をほどほどに飲むのにはどうしたらいいかって？

この相談を、わしの所に持ち込まれてもナ〜。何と言ってよいか……。

ナニ、ナニ？　あんた三十七歳か。

今も、これからも飲み盛りじゃないか。四十代、五十代、六十代と、訪ねた酒場の酒全部を底まで空けて、次の店に突進だろう。

その歳ならまだ健康が、どうのって考えることもないんじゃないか。

ビールで乾杯したら、そこから先はノンストップですか？　イイネェ〜。

酒飲みの**鑑**《かがみ》だね。

酒飲みの**王道**だね。

酒場の**覇者**《はしゃ》だね。

何？　もういいって？

そんなふうに言われても嬉しくない？

どうしてよ？　だって、そんなに毎日、朝まで飲んでるんじゃ、仕事中はずっと二日酔いだろうよ。だから仕事からっきしダメでしょうよ。会社で誉《ほ》められることはないだろうから、わしが誉めてるんじゃないか。

何？　そうじゃなくて、適量で酒場を切り上げる方法を教えて欲しい？

そうだったナ。酒をほどほどにか……。

それができてたんだったら、わしはこんな人生になっとらんよ。

君は酔っ払って正常な判断ができなくなることを心配しているが、**酒は元々、酔うために飲む**んだから、君は何も間違ってはおらん。そりゃ少しは破目《はめ》を外したり、誰かの世話になったり、家族から罵倒されたり、近所の人から違う目で見られたり、職場の者から貶《さげす》んで見られるかもしれないが、そんなことはちいさなことだ。毎晩、ビールを飲んでから、やがて押し寄せてくる酔興《すいきょう》の嵐に比べれば、そんな人間や社会、道徳のことなどどうでもよろしい。つまらんこと考えてないで、今晩も思い切り飲みなさい。

Q

この夏のこと。子供の頃から仲の良い友人から、夫と別れるべきかという相談を受けました。私は夫婦両方とつき合いがあったのと、二人の子供がまだ小さいこともあり、「絶対に別れるべきではない」と押し通し、五時間くらいかけて友人を説得しました。ところが、最近わかったのですが、その後すぐに友人は離婚したそうです。はじめから別れる気だったのなら、相談なんてしてこないで欲しいと嫌な気持ちになりました。

（34歳・女・主婦）

奥さん、何だって？

幼な友達から、彼女の家庭のことで離婚すべきかどうか相談を受けて、奥さんは別れるべきじゃないと忠告したんだ。それで相手も聞き入れてくれたと思ってた。

ところが、その直後に友人が離婚していたことがわかったと……。

そんなことなら最初から相談に来て欲しくなかったし、嫌な気持ちになったのか。

まあ、その気持ち、わからんでもないが、奥さんは、人が何かを相談するという行為について、少し誤解をしとるな。

他人に何事かを相談する人は、迷っているのはたしかなんだが、相談の大半は、自分はこうしたいんだが、それを賛成してくれて、背中を押してくれる人を見つけたいんだよ。

相談事の中でも、とりわけ夫婦の間の悩みは〝夫婦喧嘩は犬も食わない〟と言われるほど、他人には見えないことだらけなんだ。それに、どちらかが離婚したいと口にしはじめた時は、すでに関係がどうしようもなくなっていると考えた方がいいだろうね。

夫婦間の相談は聞かないのが一番よろしい。

もうひとつ言っておくが、人が人を救ったり、忠告、助言で、何かが変わるってことは、実はほとんどないんだ。

相談事の会話ってのは聞き流すのが最良の方法なんだよ。

何？　それじゃ冷たいって？

あのね、人は悩んでる時は自分のことしか考えてないんだから、親身になって聞いてあげても、奥さんの思いやりは半分も通じていないのが本当のところだから。

つき合うなら、過去もすべて受け入れろ

Q

昔からよく注意されるのですが、話をしだすと止まらなくなってしまいます。話をしているときは、時間の感覚や相手がちゃんと聞いているかどうかもあまり気にならなくなってしまい、自分勝手にだらだらとしゃべり続けてしまうんです。しかも話は長いし、オチもないので、あまり評判はよくありません。こんな自分を変える方法はありませんか？

（55歳・女・会社員）

あんたね。そこまで自覚してるんだったら、別に問題ないんじゃないのかね。あなたが何かを話しはじめると、一人、二人と、人の姿が消えてしまう状況でもなさそうだから、どこかに面白いところがあるんだと思うよ。

それに、話にオチもないしって、別に普段の話にオチなんていらんでしょう。この頃の若い人を見ていると、会話をするのにいちいち、ボケ役だとか、ツッコミ役だとか訳のわからんことを口にする者がいて、それが会話の善し悪し、センスのある会話の基準みたいなこと言う輩《やから》がいるが、人間の普段の会話に、ボケとか、ツッコミとかそんなくだらんものは必要ないでしょう。

人間の会話というものは、静かで沈黙の多い時があってしかるべきだ。陽気で賑やかな、笑い転げる会話などというものは、年に数度あるかないかでしょう。

たとえば目上の人、恩師、先輩と交わすなにげない会話の中に、実は後年思い出してみると、自分にとって大切な話だったと思うことが必ずあるわけだし。そして、**会話とはもっと厳格で真剣な時があってしかるべき**ものだと私は思う。

そういう会話にはボケやツッコミなど必要ないんだ。

私はあなたが何かを変える必要はないと思うよ。

ただ長話はイカンネ。

光陰矢のごとし。命短し、恋せよ乙女。

バアサンになるのは本当にすぐだよ。

Q

女の社会にほとほと疲れ果ててしまいました。気に入らない同僚を散々いびって退職に追い込んだ前の職場の先輩。他人の子をけなし我が子自慢が尽きないママ友。自分が損しないようにずる賢く立ち回るなんて当たり前です。穏やかにしていると、こっちがやられます。女という存在が大嫌いです。（49歳・女・主婦）

よほど嫌なことがあったんだろうね。

別に女だから、そんなことが多いとは思わんがね。わしに言わせれば、むしろ男の方が、ねちねちしてるし、嫉妬心なんかはビックリするほど執念的に思えるがね。
よく女のクサったような男と言うが、正しい言い方は、男のクサったような男は、女より始末が悪い、とかえた方がいいだろうね。
それにわしは、**女という存在が、この世になかったら、殺伐として、とてもじゃないが生きてられんと思っとるんだが。**
女性を可愛いと思っとる男はかなりの数でいると思うぜ。

Q

二年前に最愛の妻を亡くしてからというもの、淋しい一人暮らしが続いています。最近では、歳の近い知り合いが亡くなるたびに、暗く怖い気持ちになります。この歳になって生に執着しているようでお恥ずかしいですが、迫りくる死とどう折り合いをつければよいのかわかりません。

（80歳・男・無職）

八十歳の先輩。

どんどん同世代の人が死んで行くんで暗い気持ちになるって言われても、そりゃそうでしょう。八十歳なんだから。迫り来る死とどう折り合いをつければいいのかって、死ってものと、折り合いがつくわけないでしょうが。生に執着しているようで恥ずかしいって、それは当たり前のことでしょう。生きてるんだから……。

ただジタバタしても、**いずれお迎えは来るんだから、放っときゃいいんと違いますか。**

ずっと死にそうにない方がむしろおそろしいんじゃないかと、私は思いますがね。

Q

私の悩みは妻の連れ子（六歳の娘と四歳の息子）がまったく私に懐いてくれないことです。再婚して半年くらいは経ちますが、いまだに警戒されているようで、素っ気ない態度をとられます。私が子供が苦手というのもありますが、今後ずっとこんな関係なのかと思うとため息が出ます。実は今、妻のお腹に私の子を授か

―っており、将来的にその子と上手くやれるのかも心配です。(35歳・男・会社員)

それは君が、その二人のお子さんと、誠心誠意接していれば、次第に関係は打ちとけていくものだ。

この質問の内容じゃ、二人のお子さんの父親が、生き別れなのか、死別なのかがわからないが、仮に前者として、実の父親に対する愛情があって、それが二人の気持ちをかたくなにしてる場合が多いし、あとは誰であっても自分たちと母親の愛情の間に入ってくる者は拒絶するってパターンかな……。

どちらにしても、あなたは誠心誠意子供たちに接していれば、それでいいと思うぜ。

家族となって生きていくという気持ちが基本にあれば、その気持ちは、いずれ子供たちにも伝わるものだ。

相手は子供だから、気付くのが遅いか、早いかはまちまちだろうが、すぐに理解する子供の方がむしろおかしいんじゃないのか。

子供の胸の内はまだ未熟だらけだから、それはしょうがないよ。そのことは逆の意味で考えれば、あなたがすぐに二人の気持ちを理解できたりするのもおかしいんだよ。

私は基本的に、他人の気持ちがどうなのかってことを考えないことにしてるんだ。

そんなもんが、わかるわけがないってのが私の考えなんだ。だから必要以上に相手の感情の揺れや、訳のわからない態度に対して、構わないことにしているんだナ。

だってそうだろう。**自分のことでさえわかってないのに、相手のことが、ましてや胸の中で何を思ってるか、考えてるかなんてわかるはずがないじゃないか。**

ましてや子供だろう。

私は子供と話すことはほとんどないが、仕方なしに話す状況になって、子供が急に不機嫌になったり、泣きべそを掻いたりすると、

「訳のわからん態度を取るのをやめなさい。大人の前では子供らしくしてろ」

と言うんだナ。

それで相手がプイッと横をむいたり、離れて行くと、追い駆けて言うんだ。

「何だ？　今の態度は！　それが子供が大人に対する態度か？　もう一度やったらかんべんせんからナ」

このやりとりを見て、世間のほとんどの母親なり、女性は信じられないって顔をするが、やかましい！　年明け早々気分が悪いってとこだナ。まああなたもいちいち悩まないで、父親がすべきことをしてれば、それでいいんじゃないの。

Q

最近つき合い始めた五つ下の彼女に、前の男の影を感じてしまい嫌な気持ちになります。たとえば、車の車種に異常に詳しかったり、明らかにひと世代前に流行《はや》った曲に詳しかったり、サッカーや野球の選手に詳しかったり……。若い女性がおよそ興味を持たなそうなことを知っているので、不安になってしまいます。こういう気持ちは、次第に慣れていくものなのでしょうか？

（27歳・男・フリーター）

わしゃ、君が何を言いたいのか、よくわからんのだが……。

車の車種に詳しい女の子はいるでしょう。

サッカーや野球の選手のことに詳しいのはむしろ女の子じゃないの。

あきらかにひと世代前に流行った曲に詳しい女の子も、そりゃいるだろうよ。

そんなこと、まだつき合いはじめにいちいち言ってて、初めてキスして、やたらキスが上手だったら、君、どう考えるの？

――いったい、どんな男とつき合ってたんだろうか？　って考えるのかね。

そりゃ違うでしょう。

むしろ、キスを教えてくれた人に感謝すべきじゃないの？

キスならまだいいけど、次の段階だとどうすんのよ？

いいかね。**女性とつき合うってことは、相手の過去もすべて受け入れてやんないと……。**

まったく、大人になれよ。

それが大人の生き方だ

Q

高校生の次男は、中学に入った頃からずっと反抗期が続いています。以前帰宅が遅かったので頭をちょっとはたいたら倍返しされて、肋骨《ろっこつ》にひびがはいりました。以来息子がそばに寄ってくるだけで、動悸がします。夫は息子を叱れないだめ親で、私一人、いつも悩んで子供と喧嘩になりながら注意をしつづけています。自分の子育てのどこが間違いなのか教えてください。（51歳・女・主婦）

そりゃ、今の状態を放ってってはダメだ。

まずご主人と、そして長男と話し合って、次男を呼んできちんと話さなきゃダメだ。

何て話すか？　そんなの決まっとるでしょうが……、

「私はあなたの母親で、その母親を侮辱したり、ましてや手を出すことは、人間として許されない行為だし、そんなふうにあなたを育てたつもりはない」とね。

今までのことを謝るようにさせなさい。

何を言ってるか、わからないって、息子が言ったら？　その時は、

「おまえは生きている価値などないから、人間をやめなさい」と言いなさい。

だってそうでしょう。人間なんて赤ん坊の時に無防備で生まれて、お母さんが

抱いて育てなきゃ、とっくに死んでるんだから。命を懸けて育ててくれた母親をバカにするような息子は生きる資格などないんだよ。

生きるのも、育てるのも、命懸けだよ。

Q

子供のころから字が下手で、「ゴミみたいな字」とこれまで散々言われてきました。この歳になって恥ずかしいですが、きれいな字を書くコツがあれば教えていただきたく思います。

（47歳・女・主婦）

文字に、上手も下手もありません。

文字は、丁寧に書く、人が読み易く書く。

つまりすべて**相手のことを考えて書くことが肝心**ということだ。

それは誠実に文字を書こうとすれば自然とそういう文字になりますから。上手じゃなくても、あなたなりの味わいのある字にはなってくるから、ともかく一文字一文字を丁寧に書きなさい。

上手じゃなくていいの。

手紙なんかの文字が上手すぎる女なんて、九十九パーセント傲慢《ごうまん》で、性格が悪いから。

文字は読めればいいの。

Q

このたび、両親の介護のため、今まで築いてきたキャリアをすべてなげうって帰郷する決心をいたしました。遠距離にある実家と東京を行き来しながら、五年間、仕事を続けてまいりましたが、体力的にも、精神的にも、経済的にももう限界です。介護というものはいつ終るか予測がつかず、この状態が長期にわたると考えると、仕事と介護のどちらも中途半端になってしまいます。悩んだ末の苦渋の選択でしたが、その結果、私の人生は志半ばで終ってしまうのかと諦めきれない気持ちもあります。今のこの気持ちをどうすればいいのでしょうか？

（58歳・女・自営業）

両親、祖父母、兄弟、姉妹の介護の問題は、介護をされる側も、介護をする側も〝人間が生をまっとうする〟とはどういうことかを考えざるを得なくなるものだ。

私の周囲でも、これほどの数の介護を必要とする人たちがいるのかと、今の日本において高齢者の置かれた現状に、正直驚いているよ。これから先、もっと深刻なものになるんだろうね。

ところであなたが、今置かれている立場だが、私も十年近く前に、長男という立場で、姉、妹に両親の面倒を見させては、彼女たちの人生の設計が成立しなくなると思い、仕事の本拠地を遠く離れた実家へ移すべきではと考えたことがあったんだ。**正直、悩んだよ。**

しかし私の心配は、父の一言で片付いたんだ。

「おまえは**おまえの仕事をまっとうしなさい**。そうしてもらわねば何のためにおまえを育てたのかわからなくなる。わしと母さんは大丈夫だ。いらぬことを考えるな」

たぶんあなたの事情とは違うだろうが、私はこの時、父と母が私に言ってきたことの中に、親と子の、晩年の過ごし方を考える大きなヒントがあると思った。

それは、両親とて、自分たちで生き方、死に方を選択する権利があり、さらに言えば、信念を曲げてまで人間は生きさらばえる必要はない、というように聞こえた。

だから私はあなたに敢《あ》えて言いたい。

あなたの人生が、ご両親の介護のために志半ばで終るということを、ご両親も望んでない、ということだ。

それをはっきり伝えて、介護の施設なり、別の方法をまず考えるべきだと思うよ。

酷な言い方に聞こえるかもわからんが、親というものは子供が成長し、自分を踏んでも伸びて育って、実って欲しいと願う存在と考えた方がいいと思うんだ。

それではあまりに不人情では？

そうじゃない。そういう辛さも奥歯で噛《か》んで懸命に仕事をするのが大人だ。

理不尽に思える、見えることの中には、人間の真の生き方があると私は考えている。

あなたがきちんと生きる、仕事をすることを一番に考えなさい。それが私の答えだ。

Q

夫との間に第一子となる子供を身ごもっています。妊娠中ゆえの情緒不安定もあるのかもしれませんが、最近とても激しく、罪悪感にかられることがあるんです。実は、十代の頃に若気の至りで中絶をしたことがあります。そのことは親や友達、夫にも言わずにきました。今、生んであげられなかった子供のことを考えると、訳もなく涙が出てきてしまうのです。心配してくれる夫にも申し訳なく、辛いです。すべて夫に話すべきでしょうか？　（28歳・女・会社員）

お嬢さん。二十八歳と言えばちゃんとした大人の女性だ。

どういう過去があったにせよ。

大人の女性というものは、物事すべてをわきまえて生きなくてはいけません。

ましてや、あなたの身体には新しい生命がさずかっている。

一人ではないということは、あなたにはきちんと生きていかなくてはならない義務があるということです。

いや義務というより、使命でしょう。そうしなくてはいけないということをかかえたんだ。

えっ?!　どうするかって？

あなたのそばにいる人たちが、不幸になったり、悲しんでしまうことを決して
しないということだ。
それが大人の生き方だ。
今回の相談事は、私も忘れてしまうから、あなたも忘れなさい。
そうして今から二度とそういうことを口にしない。文章にもしない。すべてを
忘れてしまいなさい。
それが大人が生きるということです。
時折、涙を流すのも、今から決してしないようにしなさい。
人間一人が二十八歳まで生きてくれば、他人に決して打ち明けられないことが、
ひとつ、ふたつあるのは、世間の常識です。
立派に、正しく、清廉潔白《せいれんけっぱく》に生きてきた人など、人間じゃないと私は思ってます。
さあ、約束しましょう。
忘れる。
何もなかった、と信じる。
最後まで誰にも話さず、あなた自身にも思い出させない、強い自分を作りなさ

い。

〝言わずもがな〟

この言葉は、人間が一人で生きていない証《あか》しの言葉ですから。

これから先も、決して口にできないことが起こるのが人生ですから。

Q

女の同僚と話していて、「デートの食事のときは割り勘なんてもってのほか。男性が出してくれなきゃ」と言われたのですが、なんでこういうことが当然のように言われているのでしょう？　男女平等が求められる世の中において、いまだに世間では「割り勘はＮＧ」と言われていることが、僕には納得できません。僕はといえば、給料も少ないので、絶対に割り勘がいいです。といっても、デートする相手もいないのですが……。（30歳・男・会社員）

君ね。会社の同僚と少し話した話題を、わしのところへ持ち込むのはやめてくれんか。

君たちの暇な話に、わしはつき合ってられるほど暇じゃないんだよ。まったく……。

女性と飯を食べて、その金を男が払うのと、男女平等はまったく関係がないから。

第一、**男と女が平等なわけないだろう**。

男と女が平等なら、なんでこんなに男ばっかりが働かされとるわけ。

そうだろう?

えっ? なぜ男ばかりが働かされたり、戦いに出たりするかって?

君、三十歳にもなって、そんなこともわからんのかね。

子供の時に、学校でちゃんと教わったでしょうが。

女の方が、男よりエライからだよ。

そんなこともわかってなくて、三十歳まで生きてきたのかね。

〝女の方が男よりエライ〟なんてことは世の中の常識でしょう。歯ミガキは白、消防車は赤みたいなことと同じでしょう。

えっ? そんなこと聞いたことがないって。

じゃ、今からおぼえりゃいいでしょう。

平均寿命だって、女の方が長いし、一家の財布も女が握ってるし、昼間っから家で頬杖ついてテレビを見ることができるのは、男よりエライからに決まってるでしょう。

〝僕は給料も少ないので、絶対割り勘がいいです〟って。

金ないんならデートなんかするなよ。

えっ？　デートの相手がいない。

知るか、そんなこと。

ごちゃごちゃ言っとらんで、働け！

理不尽がなければ、仕事で成長できない

Q

すごくありきたりな悩みかもしれませんが、夫が家事をまったくしてくれません。掃除も洗濯も料理も、結婚するときに二人で分担しようと約束したのに、夫は何もやってくれないんです。共働きで、お互い大変なんだし、支え合って生きていくのが夫婦のかたちだと思いませんか？

（25歳・女・会社員）

二十五歳の若妻さん。

夫が家事をまったくしないって。

家事をやる亭主がどこにいるの？

結婚する時に二人で家事を分担しようと約束したのにって、あなたね。

結婚を納得させようと思ったら、男なんて、その場で何でも言うに決まってるでしょう。

結婚前と後で男の態度が違うのは**世間の常識**でしょうが。

支え合って生きていくのが夫婦なんて、そんなアホみたいなこと考えちゃダメ。

支えなくても夫婦は続くし、支えていても倒れて終るのが夫婦だから。

ともかく結婚前の話を、今さら持ち出さない。支え合って生きるなんて幻想は抱かない。奥さん、そんなこと考える暇があったら残業でも何でも引き受けて、働きなさい。

Q

お隣の中学生の男の子が、どうやら学校でいじめに遭っているようです。いつも制服が汚れていますし、クラスメートに泣かされている場面もたびたび目撃します。妻にその話をすると、「お隣りにはお隣りの家庭があるのだから、関与しないで」と言われました。しかし、やはり黙って見ているわけにはいかないと思っています。先生、私はどう行動すればいいでしょう？

（51歳・男・会社員）


隣りの家の中学生がイジメに遭っているように映るんですか。

なに？　クラスメートに泣かされている現場も見たことがある。

そりゃ間違いなく、そうだろう。

私は、イジメに遭う子が特別だとは考えていないんだ。世の中の大半の人は、子供の時に、イジメに近いことを受けていると思っているんだ。

私も何度もあったもの。

その子のことが心配なのは、近所に暮らす大人の男としては当然のことだ。

なに？　あなたの奥さんから、他人のことにかまわないで、と言われたって。

何を奥さんはバカなことを言ってるの。

他人の子じゃないでしょう。隣りの子でしょうが。

見て見ない振りをしたら、大人の男としておかしいでしょう。

それでどうしたらいいかって？

大切なのは、まずはその子に声をかけてみることだ。

余計なお世話だとか、他人のことに口をはさまないで欲しい、と言われても、

相手を子供扱いせずに、大人として、男として、何かできることはないか、と話してみることだ。

自分で解決する、と言ってきたら、じゃ頑張ってやりなさい、と伝えて、もし一人ではできないと思ったら、いつでも一緒に相手にむかっていってあげるから、と言うんだ。

君は一人じゃないからと、少なくとも、私は味方だし、応援してるから、とね。

えっ、それで決闘の場所に連れて行かれたら、どうするかって？

やるっきゃないでしょう。

あまり荒事が好きじゃないって？

何言ってるの。何事も乗り切るには一歩踏み出すしかないでしょうが。隣りの子だぜ。身内同然じゃないか。

Q

大手銀行に勤務しており、部下を十五名ほど抱えて、企画立案等の事務を執っています。私の悩みは、昨春うちの部署のトップに異動した上司によるパワハラです。その上司は叩き上げで確かに切れ者ですが、独裁者のように人前で平気で部下を叱責するので、数ヶ月の間に二人もうつ病で休職させられました。人数が減った分仕事もきつくなるばかりですが、会社は見て見ぬ振りです。私はどう対応すれば良いのでしょうか？

（35歳・男・会社員）

三十五歳の銀行員か。

なんで銀行なんぞに勤めるのかねぇ……。

まあ、そりゃいいわ。魔がさしたんだろうから。銀行ってのは、一度、横に置いて、少し働くってことと組織について話そう。

どんな企業もそうだが、トップ以下、社員の下々までが、仕事の考え方、やり方がひとつしかないってことはあり得ないだろう。

トップ、社員が一枚岩なんてのは、よほど若い時から鍛え上げられ、いつも危機感を抱いて踏ん張ってる企業にしかないでしょう。

君は、部署のトップに入って来た上司が、叩き上げで切れ者と評してるよな。それじゃ逆にボンクラでどうしようもなかったら、どうしたの？　仕事もできるし、人柄もいいなんて男が、そうそういるはずがないだろう。

その上司が独裁者のようだと言うが、そのくらいのこと**屁《へ》でもない**ことと違うのか。

十五人も部下がいるなら、君がその上司に向き合って、しかも彼にあって君にない能力を吸収し、部下にもその力を備えさせる方を選択すべきじゃないのかね。

会社は見て見ぬ振りと言うが、そういう組織なんだよ、君の会社は。だったら君と十五人が戦って、君が正当と思う仕事のやり方ができるように、今の何倍もともに働けばいいのと違うか。

仕事に、理不尽がなかったら、仕事で人間が成長できんでしょう。

理不尽？　面白い。やってやろう、くらいの気構えでいないと、部下も可哀相だろう。

Q

僕の彼女は昔から自分の顔に自信がないようで、いつも「なんでこんなブスに生まれたんだろう」「整形したい」と口にします。僕から見ると全然そんなことはなく、普通に可愛いと思うのですが……。もし本当に整形してしまったらと思うと心配です。

（28歳・男・公務員）

そういうふうに女性の容貌《ようぼう》のことを考えられる君はなかなかの若者です。人にとって**大切なのは、その人にとっての美しさ、あいらしさ、ゆたかさを見つけられるか**ということだから。

そういう考えが、伴侶や、恋人をしあわせにするものだと、私は信じているし、たぶん間違いないはずだ。

今、彼女が、自分の容姿のことをそんなふうに思っていても、君は、君の思っていることを彼女に言い続けることだね。

個々の人の、コンプレックスというものは、悪い方にだけ作用するものではなくて、世の中はそのコンプレックスがあったことで、幸いしたという話もたくさんあるし、コンプレックスがあったことで、行動が慎重になり、命が救われた人もたくさんいるんだ。

彼女に、君のその顔が、目が、鼻が好きなんだと、何年でも言い続けなさい。

それが長い歳月になれば、やがて、

「私、オバアさんになってからの、自分の顔がとても好きになったの」

なんて日が来るかもしれないし、

「あなたって、オジイさんになったら、私の好みの顔じゃなくなったみたい」

と、とんでもないことを言い出すかもしれないからナ。

整形病院に行かせてはダメだ。彼等の口には車がついてるから。

いずれにしても、君のような男がもっといてくれたら、いいのだけどね……。

おしあわせに。

Q

つき合い始めて一年になる彼氏と、今のところ幸せな日々を送っています。ただ先日、大恋愛の末別れてしまった元彼と撮った写真が引きだしの中から出てきて、懐かしさの余り涙が止まらなくなりました。そして、別に元彼に未練があるというわけではないのですが、写真を処分することはできませんでした。現在恋人がいるのに、昔の恋人との思い出の品をとっておくのは邪道ですか？

（22歳・女・大学院生）


彼氏ができて、順調に一年が過ぎている時に、過ぎた日に大恋愛をした彼氏と撮った写真を見つけて、それを見ているうちに懐かしさで涙があふれてきたのか……。


いいんじゃないのか。

あなたの、その涙はごく自然で、当たり前のことだと思うよ。

そこで何の感情も湧かず、その写真をゴミ箱に捨ててしまう女性より、私は、あなたが、思いがけず涙を流した感情、性格を、イイナ、と思うよ。

だって、そうじゃないか。その時は、命を懸けても、その人を好いていたんだから……。

今、目の前にあるものだけが、あなたなんじゃないんだから。

その人との時間を懸命に生きていた時のあなたも、あなたなんだから……。

私は思うんだ。過ぎ去ってしまった時間を何の意味もなかったと思う人間は、つまらない生き方をしていたんだろうと……。

もう戻れないことはわかっていても、大切にしなくてはならないものを、どれだけ経験できたかが、その人のゆたかさや、やさしさや（これあんまり好きな表現じゃないが）、人を許せるこころ（これも好きじゃないが）の幅を作ってくれるんじゃないかとネ。

人を信じる気持ちが、生きることを信じる気持ちがあるから、あなたの身体から涙が出てきたんだよ。

何もおかしなことはないから、大丈夫だ。

ところで過去の残影（写真でも、何か物品でもいいが）を捨て切れないのなら、他人には見えない場所に隠して置くことだね。

あなたは知らないだろうが、そうしている人はこの世の中にゴマンといるから……。

それを持って置くことについては兎《と》や角《かく》は言わないが、大切なことは**他人の目に触れない場所に仕舞っておく**ことだ。

私はどうしてるか？

私は仕舞う場所がないので、海にでも山にでも捨てて、自分の胸の内という場所に、過去を消すことなく仕舞うようにしているよ。他人の目に触れて、その人が余計なことで悩む顔を見たくないからね。

過去は、決して、あなたの胸の中からは消え去ることはないんだよ。それが人間ってものだ。

許さなくていい

Q

実は先日、人生で初めて恋人ができたんです。それも十五歳下で可愛い子でも信じられません。そこで、大変くだらない悩みではあるのですが、実は自分はこの歳でまだ童貞でして、そのことを彼女に言うべきかどうかで悩んでいます。あとでそういう場面になったときに笑われるよりは、事前に伝えておきたいのですが、言ったら気持ち悪がられるのではないかと心配です。（42歳・男・会社員）

君、何も心配はいらんよ。

童貞と、そうじゃないのとに何の差があると思ってるの。

何もありゃせんのだよ。

あれに（セックスのことだが）特別の技術を持っとる男なんてのは、実にくだ**らん奴ばかりだよ。**

動物界を見てごらんなさい。

何も知らんでも、ちゃんとコトははじまり、コトが完了するのが、私たち生きものなんだよ。

君の心配は、わからぬでもないが、童貞と、そうでない者の差は、回転ドアの外と内の違いみたいなもんで、**中に足を踏み入れてしまえば、それでいいだけな**

んだよ。ただの通過点だから。

　事前に彼女に話しておいた方がいいかって？

　やめときなさい。

　コトがはじまっても、何も打ち明ける必要なんぞ、ありゃしない。

　よしんば彼女がコトが終って、

「あなた、もしかして初めてだったの？」

　と訊いてきたら、堂々と言ってやりなさい。

「そうだ。それで何か問題がありますか」

　それで問題がある女性はどこにもいないから。

　それでもコトのやり方などが心配なら、本屋か、ビデオショップに、HOW TO物があるはずだから、少し読むなり、見るなりしておけばいいだろう。

　あっ！　その時、間違ってアダルトビデオを買わないように。大変なことになるから。

Q

今年は戦後七十年という年でありながら、世の中の空気がまたいつか戦争をするような雰囲気になってきていることが気がかりです。戦争を経験した世代が徐々に減っていることも影響しているのでしょうか。数年前に亡くなった、シベリアで捕虜になった経験もあった父が、戦場でひどい目にあったことをくり返し言っていたことを思い出します。子供たち、孫たちの世代が、ふたたび戦争に巻き込まれることだけは、避けなければと思うのですが、そのためには何をすればいいのでしょうか？（57歳・女・主婦）

五十七歳の奥さん。

戦争をするような雰囲気じゃなくて、戦争ができる国家にしようとしているんです。

今回、安倍内閣が衆議院を強引に通した〝安保法案〟は、あれだけの日本の法学者が憲法違反と主張しているのだから、あきらかに間違っているんです。

憲法は国家の背骨です。

背骨が歪めば、その国家は消滅します。

沖縄の米軍基地問題もそうです。沖縄だけが犠牲になるということは、日本人として恥ずかしいことです。

では私たちは何をどうすればいいか。

デモに参加するのも、政治問題をきちんと考える、今までの暮らしになかった機会になるでしょうし、インターネットを通じて主張し、連帯できる力を知るのもひとつの方法です。法案承認は一度通ったから、それで終りというものではありません。あの法案を一から見直す内閣を作れる政党、政治集団を国会へ送ることです。それができる政治家、人間は必ずあらわれます。その時こそ、選挙権という私たちの持つ権利を使うべきなのです。

一番イケナイのはあきらめることです。

Q

私と一緒になると約束したのに簡単に裏切り、他の女と結婚したあの男のことを許すことができません。先生の『許す力』（講談社刊）も読み、忘れようとしましたが、彼の姿が消えてくれないのです。私はクリスチャンです。神様はおっしゃいます、「復讐してはならない」と。どうしたらこの苦しみから抜け出すことができますか？

（45歳・女・会社員）

四十五歳のＯＬさん。

あなたと結婚の約束までしたのに、あなたという人をこともなげに裏切って、他の女性と結婚した男が許されないんですか。

そりゃ許されんよな。

私の考えは、そんな男、許す必要はまったくないと思うよ。

世の中には、許されないものはたくさんあるし、許されない輩はゴマンとおるんだよ。

そういう輩を見て、腹が立つのは当たり前のことだ。

許すことはないんだ。

えっ！　何だって？

私の著書、『許す力』を読んでも、許すことができなかったたって。

そりゃそうだろう。私の本にそんな力はありませんよ。

私は、人が、人を許すって行為には少し傲慢というか、相手を高所から見ているところがあると思ってるんだ。そう思わんかね。

それに、許したと思ってても、その男が目の前にあらわれて、ヘラヘラ笑ってるのを見たら、怒りが再発するのが人間だ。

あなたはクリスチャンですか。

私の家族にも、一名信仰心の篤《あつ》い女性がいるが、テレビで酷《ひど》い事件が報道されると、

「この犯人、絶対に許せない」

とテレビにむかって、叫んどるよ。

それを見ていて、この人は何のために教会へ行き、子供の頃から聖書を読まされて、何を学んだのだろうか、と思わんでもないが、それでも許せない対象に対しては、素直に怒っといた方が身体にはいいと思うよ。

私は、許す人かって。

おそらく、**私ほど、一度許せないと思ったもの、許されない相手を、生涯許さない人間はいない**と思うよ。

じゃなぜ、あんな本を書いたかって？

もう一度よく読んでごらん。

許さんでいいから、と書いてあるから。

ただひとつ忠告しとくが、許さないってことにいちいちこだわってちゃ、つま

らない人生になるから。

それと、許せない相手に不幸が来ればいいなんて願ってはダメだよ。なぜかって? 私、何度か呪ったりしたが、あんまり効果なかったから。

悪党がしぶとく生きるのは、世の中の常識だからね。

Q

夫は三年ほど前に、飲酒運転で電柱に衝突。自損事故で怪我もなくすんだのですが、勿論《もちろん》免許は取消、罰金刑になりました。それでもうお酒はやめると誓ったのですが、そんな旦那の家族や親戚が、お中元、お歳暮にビールをおくってくるのです。その無神経ぶりにイライラします。また、夫も夫で誘惑に負け、こそこそお酒を飲んでいるようです。どうすれば飲ませないようにできますか?

(46歳・女・専業主婦)


旦那さんが三年前に飲酒運転で交通事故を起こしたのかね。ぶつかった相手は人じゃなくて、電柱か、そりゃ、まだ運が残ってたんだろう。

それでお酒をやめると誓ったのか。

飲んで車の運転をやめるんじゃなくて、酒を断つって誓ったのかね。厳しいね。

まあいい、それぞれの家族、夫婦の事情だからな。

それで悩みは何だったっけ？

旦那さんの家族や親戚が、お中元、お歳暮に、ビールを贈ってくるのが、無神経過ぎるって？

そうかな。別に、盆、暮れの挨拶にビールを贈るのは日本の風習だし、飲まないんだったら酒屋に引き取ってもらえばいいだけだろう。

何だって？　本当の悩みは旦那さんが外でお酒を飲んでることなのか。

どうすればお酒を飲まないようにできるかって、そりゃ**酒好きのわしに聞いても無駄**だよ。

先に話したとおり、飲酒運転で事故を起こしたのは事実だろうが、人身事故のように一生償《つぐな》わなきゃならん事故じゃなかったら、酒を飲んで車を運転しないことを徹底させたらいいだけじゃないのかね。

奥さんはおそらくあまり酒を飲まないんだろうから、酒好きが酒をやめることが、どんなに辛いかわかってないんだよ。

適量の酒は、人間の気持ちをなごませてくれるし、〝百薬の長〟とも昔から言っとるんだ。本人も事故のことは十分反省しとるはずだから、適量の酒を許してやれんかね。
最後に、たとえ夫婦でも、女が男に何かを誓わせるって行為は、みっともないことだから。

Q

幼馴染《おさななじ》みと結婚し、子供が五月に産まれました。ところが、子供が産まれすでに四ヶ月が経つというのに、まだ妻と子が実家から帰ってきてくれません。連絡も殆《ほとん》ど取れない状態でしたが、やっと話ができたところ「もう会いたくない」と別れ話をされました。確かに仕事も遊びも全力で、家庭を顧《かえり》みてなかったところもあったかもしれませんが……。僕は別れたくありません、どうしたらいいのでしょうか？

（33歳・男・会社員）

奥さんが実家に子供を産みに帰って、子供が生まれて四ヶ月過ぎても帰ってこない。しかも連絡も取れなかったのか。
えっ、それで何だって？

やっと連絡が取れたら、奥さんから「もう会いたくない」と別れ話をされたのか。

三十三歳の君はおそらく初婚だろうから、そりゃ驚いただろうな。

しかし君の奥さんが今、とっている行動は、この頃、世間じゃよくあることらしいよ。

どうしたらいいのかって？

君は別れたくないのか……。

奥さんが幼馴染みなら、当人同士で一回話してみればいいだろう。

それが無理なら、奥さんの親御《おやご》さんも知ってるんだろうから、義父母に、どうしてそうなったのかを聞いてみればいいだろう。

しかし一度、別れたいと相手が決めたら、そりゃなかなか元にはもどらんよ。

しかも子供を産んで、我が子を毎日見ていて、そう決めたんなら、君が別れない、と言っても元の鞘《さや》にもどるのは難しいかもしれんな。

何が原因なのか、と君は考えるかもしれんが、**男と女が別れるのには、原因も、理由もない**んだよ。

君が別れたくないんなら、別れません、と言い続けるしかないだろう。

言い続けても、あまり効果はないと思うがな……。

女から別れ話を持ち出されて、その原因がわからなかった男は昔からゴマンといるんだ。

それは女がヒドイ生きものなんじゃなくて（そういうケースもあるが）、女の方が、男より、一枚も、二枚も上手《うわて》なんだから。

疑うことはつまらない結果になる

Q

福山雅治さんが結婚したニュースには驚きました。しかしもっと驚いたのは、その日家に帰ると福山ファンの私の妻が、ショックのあまり晩飯も作らず寝込んでいたことです。こっちは仕事に疲れて帰ってきているのに……。挙句には「一週間は喪に服します」といっさいの家事を放棄する宣言をされたんです。こんなことって許されるんでしょうか？　そこまで芸能人に入れ込むというのも、僕には理解できません。（47歳・男・会社員）

福山雅治という人は、わしもテレビで見たことがあるよ。結婚報道も見たよ。
それで何だって？
君の奥さんが彼のファンで、結婚報道を聞いて寝込んじまったのか。
可愛い奥さんじゃないか。
それだけじゃない？
「一週間は喪に服します」と言って家事を放棄するって言うのか。
そりゃますます愉快で、可愛い人じゃないか。
そんなことが許されるかって？
許してやればいいでしょうが。

一週間が過ぎれば、元に戻るんだから。そこまで芸能人に入れ込むものですかって言われても、そういう人は世間にはゴマンとおるよ。

亭主たるものよく覚えておいた方がいいことがある。女房とは言え、一人の人格・個性だから、**亭主が考えているものとまったく違うものを身体、頭の中に持っているのが女房、女というものだから。**

〝さわらぬ神に祟《たた》りなし〟これですよ。

Q

夫と二人の子供がいるのに、最近、スポーツジムの女性インストラクターの先生のことを好きになってしまいました。レズビアンなんて遠い世界のことでしたが、独身で明るく、私より年上なのに、若くしなやかでキラキラしています。告白しても迷惑だし困るはず……けれど、思いは募ります。

（42歳・女・主婦）

同性の恋愛ですか。

別にいいんじゃないのか。

恋愛なんてのは、いろんなかたちがあるのは、昔からのことだし。西欧の小説でも、日本の古典にでも、きちんとそういうかたちの恋愛が書いてあるのだから、今にはじまったことじゃないよ。同性婚もアメリカで認められるようになったし、やがて日本でも認められるようになるだろう。

さて奥さんのケースだが、その爽やかなスポーツジムのインストラクターの先生に恋愛感情を持ったってことだが、それで逢っている時、見ている時に気持ちが昂揚《こうよう》して楽しいのなら、その感情に正直になって、過ごせばいいんじゃないのか。

えっ、それで何ですか。

自分の想いを相手に告白したいのかね。

告白すればいいでしょう。

えっ？　告白されて相手が迷惑だと思う気がするって。女性に好かれても困るはず？

それは告白してみにゃわからんでしょう。

私が思うに、同性に恋愛感情に近いもので好かれる人は、そういう資質を持ってる人が多いんと違うかね。

もしそうじゃなくても、同性から恋愛感情を持たれて、嫌悪感を抱くことはないと思うぜ（たぶん間違いないよ）。

けどそれが、同棲や、結婚にまで感情が発展してしまうと、これはまたご主人と、お子さんを含めた問題になるわナ。

ウ〜ム。まあそれでもいいんじゃないのかね。どんどんやってみなさい。自分が四十歳を過ぎて、新しい性に目覚めたってことでしょう。

それで人生おかしくなったらって？

奥さん、**自分を捧げないで済む恋愛なんてつまらんでしょう。**

〝恋愛に社会常識はございません〟

Q

四十五歳の夫が急に身体を鍛えはじめました。運動とかはまったくしないインドア派だったのに、ジムに通い出し、家でも朝夕に筋トレをしています。お腹もへこみ始め、本人もまんざらではない様子。そのことを友人に話したら、「男が急に身体を鍛えるのは浮気している証拠」と言われ、心配になってしまいました。

―（40歳・女・主婦）

ほう、これまでインドア派（こんな日本語あるのかね。わしは初め、インドの宗教の一派かと思ったよ）だったご主人が急に身体を鍛えはじめて、ジムに通って、家でも朝夕筋肉トレーニングをなさってる。

イイことじゃないの。

お腹もへこんだんでしょう。

本人も喜んでるって。

四十五歳で、そうしはじめてくれたのは、奥さんや家庭のことを思ってのことでしょう。

ご主人が若いってのは奥さんも嬉しいでしょうが……。

えっ、何？　それを友達に話したら、「男が急に身体を鍛えるのは浮気をしている証拠よ」と言われたの。

その友達も困ったものだが、旦那が身体を鍛えはじめただけで、浮気してるんじゃないかって発想は、奥さん、考え過ぎでしょうが。

身体を鍛えるだけで、女性にモテたり、言い寄られるんなら、わしだって明日からダンベル持って、机の下で足を持ち上げながら原稿書きますよ。

奥さん、四十五歳前後の周囲の男の身体をよく見てごらんなさい。半分以上が腹がだぶつきはじめてるでしょう。そんなことで女性にモテるはずがないのを、大人の男たちは知ってるの。

だからご主人が身体を鍛えはじめたのは、女がデキたなんてことじゃないよ。心配しなくともよろしい。若い時の体型に戻るように奥さんも応援してあげなさい。

えっ、何？　もし浮気が原因だったらどうしたらいいかって？

わしが違うと言っとるんだから、信じなさいって。何？　伊集院を信用できないって？

じゃなぜ、わしに相談してきたの？

しまいにゃ、怒るよ。

ともかく、**人を疑うことは、つまらない結果にしかならん**のは、これ昔からの常識。

Q

結婚して九年目。子供二人にも恵まれ、幸せな生活を送っていますが、ひとつ気がかりが。それは妻がときどき夜中にどこかに出かけていくことです。時間は一～二時間といったところで、訊《き》くと「買い物に出ていた」と言い張ります。本当は浮気じゃないかと考え不安になります。

（47歳・男・公務員）


四十七歳の公務員のご主人、結婚して九年目ですか。子供も二人いらっしゃる。順調な結婚生活、子宝にも恵まれてる。

はい、それで？

奥さんが、時々、夜中にどこかへ出かける。それが気になるんですか。

夜行性の動物と結婚したわけじゃないんだから、そりゃおかしいわナ。

それで行き先を訊いたら「買い物に出ていた」と言い張るんですな。

夜行性の買い物好き、というのはあんまり聞かんわナ。

浮気でもしてるんじゃないのかと……、そりゃ普通疑うでしょうナ。

しかし**人を疑いはじめるとキリがない**ものだから、奥さんにきちんと問《と》い糺《ただ》してみりゃいいんじゃないか。

それで買い物だと言われたら、こんな夜中に買い物に行くんじゃない、と言えばいいでしょう。

それでも奥さんが、どうしても夜中に買い物に行きたいと言い張るなら、一緒について行きゃいいでしょう。

何？　どうしても夜中に一人で買い物に行きたいと言い張ったら、どうしたらいいかって？

そりゃ一度、病院へ連れて行くしかないだろうナ。

浮気だったら、どうしたらいいかって？

そりゃ、浮気じゃなくて、本気でしょう。

本気じゃなくて、いっときの気の迷いだったらどうするかって？　ご主人、あなたしつこいね。

そう思うんなら、放っといて、元に戻ったら、今までどおりに暮らせばいいんじゃないのか。**女という生き物には、時々、狐やら、狸が取り憑《つ》くからね。**世間にはよくあることだ。心配せんでいいよ。

Q

人事異動の無理難題を叶えてやったにもかかわらず、一言の礼も言ってこない女子社員を許せません。彼女とは普段から仲良く、二人で飲みに行ってはいろいろと悩みを聞いてあげていました。しかし、今では完全に無視されています。人を利用し、用がなくなったら知らん顔とは……腸《はらわた》が煮えくり返っています。

（55歳・男・人事部長）

人事部長、あなた五十五歳にもなって何を言っとるの。

人事に関して、無理難題を言ってきた普段仲が良い女子社員の言うことを聞いて、特別に取りはからうこと自体が、**もう仕事としておかしい**でしょう。

そういうことを相談にくるって、この話、わしをからかっとるんじゃないの。

おまえたちいい加減にせんと、**わしゃ怒る**よ。

他人に何かをしてやったという感覚を持つ人間を、わしゃ卑しいとしか思わんしな。

本来、**人は人を救ったりできる生きもんじゃない**んだよ。言ってもわからんだろうが。

このバカモンが。

家族は社会より大きな存在であっていい

Q

いわゆる「飲みニケーション」というやつが苦手です。ウチの部署は、何かにつけて飲みにいくのが大好きなのですが、正直みんなベロベロになったり、グチを言い合うだけで、酒の飲めない私には、生産性のあるものとは思えません。しかも、その飲み代をよく上司が経費で落とそうとしていて、それも納得いかない理由です。悪しき習慣だと思います。（26歳・女・会社員）

二十六歳のＯＬさん。酒を飲むのに生産性なんかあるわけないでしょう。酒代を上司がたまに経費で落としているのも納得いかない？　部下を連れて、飲みに行って、割カンというのもせちがらいでしょう。経費で飲めるんなら、たまにそうさせてやればいいじゃないか。悪しき習慣とは、わしはちっとも思わんよ。酒を飲んで、酔えば、気分も楽になるのが人間だよ。

酒を飲めない君が、文句言いつつ、つき合っとるのも、いいことだと思うよ。部署の皆がベロベロになっとるのも、いい感じに見える女にならないと……。

酒に酔ってる時が、わしは一番しあわせな時間じゃないかと思っとるんだ。ほら歌にあるでしょう。

♪罪と罰の酒を満たした、愚か者が街を走るよ。おいで金と銀の器を抱いて、罪と罰の酒を飲もうよ、ここは愚か者の酒場さ〜

愚か者がいないと、つまらんでしょう。

Q

先日、母が万引きで捕まりました。スーパーでお菓子を盗《と》ったようです。正直言って驚きでした。女手ひとつで私を育ててくれた真面目な母なので、ショックというか、かける言葉が見つかりません。（27歳・女・会社員）

お母さんはちょっと魔が差したんだろう。

大目に見てあげなさい。

もし仮に、お母さんから、知らない間に買物の袋に入っていたのよ、信じて、と言われたら信じてあげなきゃいけません。

家族というものは、世間の大半の人間があなたの家族を咎《とが》めても、社会のしかるべき人々（警察官や裁判官）があなたの家族を罪人と認めても、当人がそんなことはしてないと言うなら、世の中で**唯一信じてあげるべき存在**なんだから。

まあ少しオーバーな言い方をしたが、家族というものは、或る時には、社会より大きな存在であってかまわんのだよ。

世間で振りかざす〝正義〟なんてものは、怪しいものがほとんどだから。

万引き＝犯罪なんて考えないことだ。

あなたを産んで育ててくれた人なんだから、あなたが今すべきことは、お母さんが楽な気持ちでいられるようにしてあげることだ。

間違っても、たかがチョコレートひとつのことで、恥かしくて表を歩けない私、なんてことをお母さんの前で口にしてはいかんよ。

お母さんの年齢になれば、そこで初めてわかることがあるのが人間というものだから。

再犯したらどうしたらいいかって？

二、三回ぐらい大目に見てやりなさい。

おそらくそれはないから、あなたも、そのことは忘れて、お母さんと一緒に笑えるような時間を作りなさい。

えっ、今週は妙にやさしいけど、万引きで捕まったことが、わしにあるんだろうって？

そんなことはもう忘れたが、親からはよく〝何事も経験だぞ〟と言われてはいたわナ。

ウォッホ〜ン！

Q

一昨年に大病を患い、その入院中、今までいかに自分が傲慢であったかを反省し、生かされていることに感謝の気持ちを持とうと誓いました。しかし今、パート先の先輩の棘《とげ》のある物言いにボロボロになっている自分がいます。まだまだ感謝の気持ちが足りないのでしょうか？

（58歳・女・パートタイマー）

まあ大病は人に何かを教えるわナ。

大きな災害も、事故もそうだ。なぜそうなるかと言うと、そこに己の生き死にが見えるからだナ。

それで入院中に周囲の人を見ていて、自分がこれまでいかに傲慢だったかがわかった？

ほう、そりゃたいしたもんだナ。

それで、自分が生かされてることへ感謝の気持ちを常に持とう、と思ったのかね。

ほう、そりゃたいしたもんだね。

それじゃ、近頃、百歳あたりに手をかけただけの好々爺《こうこうや》と好々婆《こうこうばあ》が出版しとる、御託《ごたく》が並んだ本の内容とそっくりだわナ。

あのね。**傲慢というのは人間が本来持ち合わせとるもんだから、**簡単には消えんぜ。

生かされとるとあなたは言うが、誰が生かしてくれとるのかね。わしら自分のバカ力で生きとるんじゃないのかね。

最後に感謝だが、感謝なんて口に出してするもんかね。第一、いつもかつも感謝、感謝って言われたら、される方も迷惑と違うか。

感謝なんてのはデパートか、スーパーでやるもんでしょう。

それにパート先で少し棘のある言い方をされたくらいでボロボロになるようじゃイカンよ。もっと傲慢にならんと。

Q

先日某男性芸能人と街中で遭遇し、その際の紳士的な対応に惹《ひ》かれてしまいました。以来TVで彼の姿を見るたびにドキドキ。彼氏とも別れ、今は彼の姿を画面越しに見たり顔を思い浮かべるだけで、仕事もやる気がわいてくる日々。私の生き方は間違っていますか？　（22歳・女・派遣社員）

たまたま街中で遭った芸能人に惚れて、彼氏と別れてしまったの？

そりゃまた大胆だね。

それでブラウン管で見ているだけで、ときめいて、その姿を見ることができると思うと、仕事もやる気が起こるんですか？

だったら、それで今はいいんじゃないの。

そういう心理は悪くないよ。

どんどんやりなさい。

ただし、実際に逢いに行ったり、つき合おうなんてことは爪の先ほども考えちゃいけないし、行動してはいけませんよ。

あなたにだけ言いますが、**芸能人の半分以上は、普通の人間とは違う人種です**から。

どういう人種ですかって？

そうですね。やさしそうに見える人は、まずやさしさはありません。クイズ番組で難しい問題をすらすら答える人は、まずバカです。

正義の味方が似合う人は、ほとんど悪人です。ハデな衣裳着て歌ってる人は、実際の暮らしはもっとハデです。

無口に見える二枚目俳優は、ほとんど日本語を知らない場合が多くて、黙ってるだけですから。

それと、いや、このくらいにしないとイカンワナ。いろいろと。

Q

芸能人が自分の子供をＤＮＡ鑑定したというニュースがありましたが、他人事とは思えませんでした。私も、離婚した妻との間に息子が一人おりますが、この子が私にまったく似ていないんです。私も妻もそれなりに容姿は良い方だと思うのですが、目は小さく一重で、鼻も低い。正直自分の子供と思えません。思い返してみると妻は浮気の常習犯でしたし、疑念がいろいろと湧いてきます。ＤＮＡ鑑定というものをやってみてもよいものでしょうか？　（46歳・男・会社員）

私も、このニュースを昼のワイドショーの特集で見たが、その番組の中で街頭インタビューをしていて、

「そりゃ父親が可哀相よ」

「DNA鑑定が出たんでしょ。何かあったに決まってるでしょ」

などと大人の男と女が勝手なことを言っているのを見て、つくづく**日本人は道徳心を欠**《か》**けらほども持ち合わせない国民**だと、呆《あき》れたよ。

同じ屋根の下で暮らしていて（そのニュースはケースが違うだろうが）、お父さん、お母さんと子供が呼んで、きちんとした大人に育てあげ、ともに時間を過ごした親子というものにとって、その子が生まれるにいたった父親なり、母親が違っていたことに、いったい何の問題があるのかね？

誰の子供であっても、たいした問題じゃないでしょう。

昨日まで、自分の子供として育ててるんだから、それで十分でしょうよ。**子供を授かってともに生きることが大事**なことなんだから。

親が違ってましたなんてことは、これまで世間じゃ、何度もあったことで、今もあるに決まってるでしょう。

大人の男が、父親が、赤ん坊の笑顔を見て、丈夫に育てよ、きちんと育ててやるぞ、と一度思ったんだから、それを貫くのが、大人の男でしょう。そんな事情が発覚しても、それには触れずに黙って一人前の大人に育てた両親は、これまで世間には何人もいたに決まってるでしょう。

相手は、女と子供だよ。

女と子供が辛い思いをすることを、大人の男が口にして、どうするんだ。

第一、ＤＮＡ鑑定が正しいなんて、誰がいつから言い出したんだ。あんな顕微鏡でわざわざ見なきゃわからないものの、どこが正しいと言うんですか。

あのニュースにしても、赤ん坊の時から抱き上げて育てたお母さんが、そうだ、と言ってるんだから、それが一番確かでしょう。

四十六歳のサラリーマンよ。

子供が自分に似てないって、子供だってあんたには似たくないと思ってるんじゃないの。

私も妻も容姿は良い方だと思うって？　どの口がそれを言わしてるの。そんなことを平気で口にして、バカじゃないの。

目がちいさく一重で、鼻も低い人間が生きてっちゃいけないとでも言うのかね。

いい加減にしろ。バカモノ。

いいですか、世の中には、それをわざわざ引っ張り出してきても〝解決がつかない問題〟というのが、昔からいくつもあったし、今もあるの。それが世間というもので、人間が生きるってことなの。

〝解決のつかない問題〟はそっとしておいてやるのが大人のツトメなの。

それがなんだ、鬼の首でも取ったように、何をテレビで他人がしゃべっとるの。この問題でワイドショーでしたり顔で話しとったゲストも、キャスターも全員死刑でしょう。

話をされるたびに、誰か一人でも辛い人がいる限り、大人はそれを口にしないの。

くどきの基本は相撲と同じ

Q

若い子をくどきたいのですが、どうすればいいですか？　小さいながらも会社の社長にまでなり、金と名誉はある程度手に入った。あとは愛人だけがいません。実は今、会社の受付の子と仲良くなりつつあるのですが、どうすれば妻以外の女とそういう一線を越えた関係になれるのか？　経験豊富な先生にご教示いただけますと幸いです。

（58歳・男）

年明けそうそう、社長も、いろんなことを考えるんだね。金と名誉をそこそこ手にしていますか……。さすが社長、**ヨッ！**　日本一。

さて、それで、社長は若い女性をくどきたいんですか。いやくどくんじゃなくて、若い女性とねんごろになりたいわけですな。

どうすれば妻以外の女性（若くなくちゃダメなんでしょう）と一線を越えられますか？　って。そりゃ簡単でしょう。**押し倒してパンツ下げればいいだけのことだ。**

違う、違います。そういうんじゃなくて、ロマンチック？

どうあれ、**基本は相撲と同じで、押し、突きですぜ。**技を使うと相撲も、愛人関係も、スケールがちいさくなるし、小技で手に入れたものは大技で返されて、女房は出て来る、名誉もなくすってことになりますぜ。
その一例で、目の前にあるもの（たとえば社員の女性とか）に手を出すのは、これは危険この上ない。と言うか、社長のポジションもおかしくなりますよ。遊びに近道はありませんから。遊びは仕事以上に丁寧に、懸命にやるんです。でも大丈夫。まず大切なのは意志だから。意志ある所に道は通じる、だ。自分のやり方で見つけなさい。最後に、こういう相談で、わしに対して経験豊富と言うのはやめてくれるか。わしにも家庭があるんだから。

Q

身体を壊し仕事を辞めて以来、夫に甘えるようなかたちで専業主婦を続けています。しかし、昨年の流行語にもなった「一億総活躍社会」などという言葉を聞くと、こんな風にささやかに生きているのが「悪いこと」のように感じられて、このまま何も成し遂げることなく、一生が終るのかな、と暗い気持ちになります。

（51歳・女・専業主婦）

五十一歳の専業主婦の奥さん。

あなたは、このまま何も成し遂げることもなく、と言ってらっしゃるが、そんなことは決してありません。

家を守り、ご主人をきちんと仕事に専念させていることは立派な仕事、社会の中の役割を果たしていますよ。

昨年、流行した？「一億総活躍社会」？　そんな言葉が流行したなんて、誰も思ってはいませんし、一億人がそんなことができるなんて誰も信じちゃいませんよ。

この言葉、気味が悪いでしょう。前の戦争で、政府と軍部が結託して〝一億総火の玉だ。決戦だ〟と国民に全員が死んでも戦え！　と煽《あお》ったものと、どこか似とると思いませんか。こういう個人を埋没させる言葉を平然とこしらえる輩は、根本に傲慢がある連中なんだよ。

個人に何かを求める標語が国家から出はじめると、従わぬ者は国民にあらず、となって、イデオロギーをひとつの方向へむかわせる煽動政治を助長しかねないんだよ。

一人一人が活躍できる国という考えは間違ってはおらんのだが、言葉というも

のは人間、国家を成立させる基本だから、よほど慎重に使わなくてはならんのだよ。

先述した戦時中の〝一億総火の玉〟とか〝決戦〟と、今回の政府の指針を重ねるのを、そりゃ少し考え過ぎでしょう、という人もいるのも承知だが、耳慣れていく怖さがあるのは事実で、私たちが母国語に対する敏感さを失うと、気付いた時は、**〝言葉の旗〟を平然と振っている国**になっていますぞ。ともかく、こんなことで奥さん、気をもまんでよろしい。

Q

亡くなった祖母から、「人生、顔のいい男にだけは気を付けろ」と口酸《す》っぱく言われていたのですが、最近生まれて初めて彼氏ができ、それがすごい美男子なんです。街では振り返る人がいるほどで、性格も良く怒った顔も私の前では見せない。平凡な私になぜ彼が惚れたのかたまに疑問に思います。すごく幸せなのですが、時々祖母の言っていた言葉がフラッシュバックして不安になります。

（18歳・女・大学生）

いや、たいした祖母ちゃんを持って、あなたは幸運だよ。

〝**人生、顔のいい男にだけは気を付けろ**〟とおっしゃいましたか。これだけの名言をお孫さんに残して天国へ行く女性も珍しいナ。

若いあなたにすれば、顔がいい男や、水も滴《したた》るいい男なんてのは、そりゃもう大変ですから、なにしろ水が滴ってんだから。どこへ出かけるにも、女の子たちが、キャーッ、ワァーッて騒いで、トサカに来ちゃってる女の子たちは、その水を掻《か》き分《わ》け歩かなきゃならないんだから。犬だって、そんなふうにマーキングしたら、小便出なくなりますから。

それで何だって？

生まれて初めてデキタ彼氏が、スゴイ美男子なの？

目は悪くないよね、お嬢さん？

気もたしかだよね？

街を一緒に歩いていると、皆が振り返るんですか？

洋服着て歩いてるよね？

そりゃ、良かったじゃないの。そのまましあわせに過ごしなさいよ。

えっ、それでも祖母ちゃんの言葉が気になるの？　忘れなさい、祖母ちゃんのこと。

それでも気になるの？

イイ勘してるね、お嬢さんは。

それで、その美男子君は、性格が良く、怒った顔を一度も見せないのか……。

たぶんそれは、その男が鈍感なんだと思うよ。鈍感でも美男子ならいいじゃないか。そのまま続けなさい。

何？　私の言い方が気になるって？

これは人から聞いたんだけど、**美男子というのは、頭のめぐりが悪いらしいよ。**

でも美男子なら、そのくらい目をつぶらなきゃ。

他に何かあるかって。

美男子は人生の大切な時に、踏ん張りがきかないってのも聞いたことがあるけど、たかが踏ん張りくらい、いいんじゃない。

美男子は人生の晩年があわれだと言うけど、それは晩年の話だから、いいんじゃない。

えっ！　何？　わしが美男子を妬《ねた》んでる？

美男子に敵意を持たない男はいないでしょう。

おしあわせに。

Q

義母の被害妄想に困っています。「おうちが綺麗ですね」と言えば、「嫌味！」と返され、義母の手作りのごはんをいただいたときも「こんな不味《まず》いもん食わせてと思ってるんでしょ」。私は仲良くやっていきたいんですが、今後、どのように接すればよいのでしょうか？（30歳・女・サービス業）

義母、姑《しゅうとめ》と、息子の嫁というものは、いつの時代も平穏にいかないものなんだよ。

その一番の原因は、息子のことを誰よりもわかっているという姑の気持ちと、相手が自分より若い同性であるが故《ゆえ》に、ささやかなことでも気にさわってしまうということがあるんだナ。

では、その日々の悶着《もんちゃく》にどう対処したらいいのかってことだナ。

奥さん、あなたが気持ちがおおらかで、嫌なこともすぐに忘れられる性格なら、**腹が減った猪《いのしし》が近寄って来たのだと思って、**放っておけば、やがて出ていくから。

相手はどのみち先に居なくなるんだし、大事なご主人を産んで育ててくれたんだから、大目にみてやればいい。というのが普通の答えだろうネ。

しかし、わざわざ葉書まで出して相談をしてきたのは、我慢も限界ってところなんだろうナ。

どうだろうか、奥さん。一度、義母さんを食事でも、居酒屋にでも誘ってみたらどうだね。食事も、酒も断わられたら、散歩でもいいさ。

相手は長く生きてるんだから、なぜ義娘が自分を誘ってきたかはおぼろにわかっているから……。

何を話すか？

何も話さんでいいんだよ。

二人きりで時間を過ごしていれば。

えっ！　何？　その場で義母さんが、普段よりひどいことを言いはじめたら、どうしたらいいかって。

それは待ってましただナ。

あなたも、それまで溜まっていた鬱憤《うっぷん》を一気にぶつけてやりなさい。

それじゃ、話が違う？

何を言ってるの。大人が厄介事を解決するのに、二発目、三発目のタマを腹の中に入れて、笑って相手を見るのは、世間の常識でしょうが。ギャフンと言わせなさい。

しかし、おそらくそうはならんでしょう。人間、**手をつなぐきっかけが欲しい人は大勢いるのだから。**

Q

人はなぜ結婚するのでしょうか。今、同棲して五年目になる彼がいます。今のところ、結婚という話は出ていないのですが、十分にしあわせです。よく「なんで結婚しないの？」と聞かれて、そのたびにうっとうしく感じます。子供ができたならまだしも、なぜみんなそんなに「結婚したい」と思うのか不思議です。

（32歳・女・会社員）

あなたの考えは何ひとつ間違ってはいませんよ。

大人の男と女が惚れ合って、ともに暮らしはじめて、それが五年になろうが、十年になろうが、**結婚しなきゃならないという道理はどこにもありません。**

立って半畳、寝て一畳で十分

Q

三十一歳になる娘についてびっくりすることがありました。先日、久しぶりに連絡をとったところ、娘は離婚していて、八歳になる孫と家を出ていたのです。私に何の連絡もくれなかったことがショックです。実は娘の結婚には当初から反対していたので、そういったことで恨まれたりしていたのかもしれません。昔から厳しくしつけていたので反動が来たのでしょうか？（66歳・女・パートタイマー）

お母さん、いまどきの娘はそういうものだよ。

あなたが、娘さんとご主人が結婚する時、反対していたこともあってと言うが、それとは関係ない。

お母さんも、最初からあの人と一緒になるのを反対してたじゃない、なんて娘が口にしたら、そりゃ都合良くしか生きてないってことだから。

反対しても、一緒になる男女は一緒になるの。

それが世間というものだ。

八歳の子供がいて離婚をしたのだから、二人の間に、どうしようもない事情が生まれたってことだ。

次の人生にむかって踏ん張るように見守るしかないよ。

あなたは厳しく躾《しつけ》をしたとおっしゃるが、離婚したのを親にも報《しら》せなかったのは、躾に問題があったのかもしれんね。

ただ今の若い人は、結婚にしても、仕事にしても自分の都合がいいように行動するし、大半の若者がそうだから。

まあ事情はあまり訊かずに、応援してやるしかないでしょう。

親子の縁は何があっても切れることはないんだから。

Q

バブルの頃から世間の求めるものに馴染めず、どこか居心地の悪い思い思いをしています。医療、福祉等は進んで欲しいと思いますが、スマホ、パソコンなどのIT関連は何もそこまでしなくてもと思うし、ハイテクを駆使した乗り物、高層ビルなどお金を掛けすぎではないでしょうか。皆、本当にそれらを喜んでいるのか。一部の研究者と企業だけが美味しい思いをしていると感じています。

（50歳・女・主婦）

あなたが思っていることは、世間の半分以上の人が、これでいいんだろうか、と感じていることです。

いつからこの世の中は、人間の業欲が最優先されるようになったのか、という嘆きと不安なのです。

私が最初、ＩＴ関係の仕事がダメだ、と思ったのは、あらわれたＩＴ関係の成功者と言われる人間が、揃いも揃って、こんな面《かお》の大人にだけはなりたくない、という卑しい顔をしていたからです。しかし今は違います。ＩＴの分野は社会への貢献は驚くほど大きなものですし、まともな人も大勢いるようになっているんです。

高層ビルを建て続ける人々も同じ。〝**虚構の城**〟を建て続けているのではと不安に思う人は大勢いるのです。

よくある、高層ビルの最上階で、デザイナーブランドの高級家具にかこまれ、休日はシャンパンとワインでなんてのは、**どう見てもバカがやること**でしかないのは少し考えればわかります。

立って半畳、寝て一畳。それで人の暮らしは十分で、あとは子供が一人ずつ増えて、一人分を増した広さでこと足ります。逆にその方が、アホな子供を育てずにも済みます。

金を得ることが悪いとは言いませんが、それを**どう使うかはセンスの問題**です。**金をあの世に持って行った人は一人もいない**のだから、ある程度のもので〝善し〟とする品性が必要です。ところが金は増えると、また欲しいという業欲に拍車をかける魔力があります。これは狂ってんだから放っときなさい。一部の研究者と企業という表現はあなたの間違い。世の中はいつもひと握りの人間に富が流れるようになっていて、その連中に品性、人格を求めても無駄。その連中はいずれあわれな末期《まつご》を迎えます。金満家の子供がバカにしかならないのも、そのあわれな末期が時期遅れで来ているのです。
心配ご無用、世の中そうなっとるから。

Q

外食をした際に、出された料理をスマホで撮影する友人が多く、私には理解できません。あとで見返すことなんかあるのでしょうか？　さらに言えば、その写真をFacebookなどにアップする行為も何が楽しいのか？　ところかまわず写真を撮影するのを下品な行為と感じてしまいます。

（19歳・女・大学生）

わしも先日、同じ経験をしたよ。

なんでも自分のブログに載せるために、そうしとると聞いた。

わしの料理も撮らせて欲しい、とその女性編集者が言ったんで、

「悪いが味が落ちるんで、やめてくれ」

と言ったんだ。

わしは昔、料理の本を作ったことがあって、美味しい料理にむかってカメラマンがシャッター押すたびに、こっそりその料理を食してみたんだが、**シャッター一回で二十パーセントは味が落ちる**ね。五回押したら捨てた方がいい。

美味《うま》い料理を食べるより、顔も見たことがない相手に、何か自分のことを主張したいという、その根性が卑しいし、くだらんよ。

十九歳の女子学生さん、君の言ってることはまさに正しい。

わしは昔、写真機こちらにむけただけでぶん殴ったもんだよ。これ大人の男の常識だから。

Q

子供にＴＶゲームを買い与えてよいものでしょうか？　これまで家ではゲーム禁止だったのですが、息子も小学校高学年になり、ほしいと言い出しています。友達と同じゲームで遊びたいそうです。買ったら勉強の時間は減るでしょうし、悩んでいます。　（42歳・女・主婦）

四十二歳のお母さん。

あなたの考えはまったく間違っていません。

子供にゲーム機なんて買い与える必要はありません。

他所《よそ》の家では何台も買ってもらっている、と子供が口にしたら、

「我が家《や》はそういう家じゃないの！」

とはっきり言わなきゃダメ。

子供に、自分はどういう家で生まれ育って、今生きてるかを、教えなきゃダメ。

国家、社会、学校（子供がいるなら）より、ひとつの**家族の中で決定した生き方が優先するのが基本**だから。

あそこの家はこうしてる、あっちの子はこうしてもらった、とか子供がいちいち口にしたことはいっさい無視しなきゃダメ。

さらに言うと、親同士でも、ああする、こうするが自分の家の方針と違っていれば無視をした方がいいの。

ともかく子供は甘やかしてはダメ。

自分の家ではダメなんだ、ということを徹底して教えることが、子供の長い先の時間でどれだけ良いものを得ることにつながるかは私が保証するから。

Q

義母は隣県から初孫の面倒をみるためだけに、月に二十日はうちにやってきます。私も働いており、助かるときもあるのですが、オモチャやお菓子を勝手に買い与え、甘やかしがすぎるので、娘が甘ったれた人間になるんじゃないかと心配です。

(34歳・女・会社員)

初孫だろうと、十番目の孫だろうと、可愛いと思うのはわかるが、可愛がり過ぎるのはイカンナ。

特に何かを買い与えるのは、孫をダメにするだけだ。

年に一度とか、何年に一度しか逢えない祖父母が孫に何かを買うのは大目に見てもいいが、あなたの家に月に二十日もやって来るんだろう。そりゃ、十日出かけとるのと同じでしょう。

あなたが働きに出ている間はずっと一緒にいるんなら、そりゃまずあなたが自分の子供の躾についていて、きちんとご両親に話をしておかないと、**子供をパーにするだけ**だぜ。

特に子供が欲しいと望んだものを、すぐに与えたら、将来とんでもない人間になるに決まってるでしょう。

時には子供を叱りつけてくれなきゃ。叱らずとも甘えさせないことは守ってもらわんとナ。

以下の文章は、或る先輩作家の孫の女の子がそば屋にアルバイトへ行っていると知り、その女性作家が綴《つづ》った一節だ。時給の話で、

――うちの孫なら九百円が相応、いや、それでも高額だと思う。ともかく時給九百円にふさわしい働きをしてほしい。店主をイライラさせないでほしい。気に入らなければ遠慮なくビシビシ叱ってほしい。九百円を五百円に値下げされても孫に文句はいわせない――

どうです？　こうでなくちゃ。私の父とよく似ています。但《ただ》しこの作家は女性

で先輩である。ただ厳しいだけじゃなくて、大切なのは孫であれ、**同等の個人として接することができるかどうかではないか**と私は思う。

この一節、実は『孫と私のケッタイな年賀状』（文春文庫）で読んだ。著者は佐藤愛子さん。孫と撮った二十年間の年賀状写真の撮影にいたる話だが、孫が相手でも、人が人に情を感じるとはどういうことかがよくわかる。孫につまらんものを買い与えるくらいなら先に読んではどうか。決して損はないと思うが。

一大事に他人を助けるのが男だ

Q

単独行動が好きな私。旅行は一人旅が多く、家族から「たまには友達と出かけたら」と心配されます。でも、泊りがけの旅行で結構な時間を同行者と一緒に過ごすと、気疲れして険悪な仲になることも多い。やっぱり旅はひとりでするものと思うのですが。先生は一緒にご旅行されるような友人はいらっしゃいますか？

（24歳・女・会社員）

あなたの考えでいいんじゃないか。

新婚旅行と、親孝行の旅以外は、旅は一人でするもんでしょう。ましてや、若い時の旅は、**基本は一人旅がよろしい**。

なぜ一人で旅をした方がいいか、と言うと、旅の目的が、素晴らしい景色を見ることであっても、世界遺産のようなものを巡るものであっても、美味しいものを食べるものでも、見物が終った後、食事が終った後で、人は旅先でしか感じ得ないものに出逢うことがあるんだ。

それは、**自分が何者かを見つめる時間を、旅は与えてくれる**ということなんだ。

その時間と出逢うためには、実は旅の中に、**何もしない時間がなくてはダメなんだ**。訪ねた土地をただ目的なく歩くとかね……。

ただあなたは女性だから、自分について考えることが必要かどうかは、正直、わしにはわからんのだよ。若い男なら、見知らぬ土地へ行き、自分がまだ何もない、何者でさえないことに気付くことは、人生の中で経験しておいて悪いことではないんだ。

海外へ行き、おまえ日本人か、碌《ろく》でもないナ、むこうへ行け、くらいのことを若い時に言われていれば、その後、**結構イイ感じになる**ものなんだナ。

わしが一緒に旅に行きたい人がいるかって？　そんな人がいりゃ、とっくに行っとるよ。

でも独りの方が気が楽だな。旅に出ると、他人の思わぬ顔を見たりするからナ。

Q

事故に遭い、この先長く車椅子生活を送ることになってしまいました。交際していた彼氏はそんな私に変わりなく接してくれているのですが、元々アクティブ派な彼が、あまり動けない私に合わせてくれている姿を見ると申し訳ない気持ちになります。このまま一緒に生きて行きたいと思っているのですが、彼の心境を思うと胸が苦しいです。この気持ちは彼にぶつけてもよいのでしょうか？

——（20歳・女・大学生）

お嬢さん、事故に遭ったあなたの辛さと心境は、私の想像を超えるものだろう。でもそうして彼氏のことを思うあなたは人間としてやさしいし、あなたの彼氏への愛情もよく伝わります。エライネ。

まず言っておくことは、人間の心配事や悩みの大半は、**当人が勝手にいろんなことを思い過ぎることが原因**なんだ。悩みの対象に、それを**真っ直ぐぶつけてみると解決する**ものが、これも大半だ。

彼氏に、今の思いを正直に話してみることだ。それですべては解決しないが、二人がずっと歩んで行けるかどうかの感触はつかめるのはたしかだ。

若い人は（別に若い人だけじゃないが）自分がしあわせになりたいという願望が人一倍強い。だからあなたと離れることでしあわせがつかみやすい、と考える若い人もいる。それはしかたないことだ。けどそうじゃなくて、あなたとはずっと一緒で、しあわせになる、しあわせにしてみせるという若い人も世間には大勢いることを信じて欲しい。

大丈夫だ。話してみなさい。

Q

妻に不満があります。給料は上がらない中で残業は増える一方、年々業務での負担は増えているのに、専業主婦の妻はいい気なもので平日から毎日のように友達とランチや映画に出かけています。正直、なぜ私ばかりこんなに苦労しなくてはいけないのか腑に落ちません。一人娘ももう成人しているのだし、老後の足しにもなるのだからパートでも働いてほしいのですが……。（51歳・男・会社員）

まあご主人の気持ちはわからんでもないがナ……。

ご主人はおそらく勤め人だと思うが、この国で、勤めて給与を（明治以前は禄《ろく》と呼んだりしたが）もらって暮らす男たちが、労働の代価で家族を養うかたちが、千年以上続いとるんだナ。

農業、畜産、漁業（海女さんとかね）、一部の自営業以外の勤め人は、ほぼ全員が男が外で働き、一家を食べさせるシステムが出来上がってしまっとるんだよ。女たちは子を産んで育て、祖父母の面倒を看て、勤め人が家に戻れば風呂や、洗濯した着換えや食事を用意し、ご苦労さまでした、と休ませてくれた。その仕事がかなりの労働ではあったんだナ。

ところが今は、子供の養育以外は、スイッチひとつで風呂も、洗濯も、下手すると食事も、チーンひとつで出す女たちもいるくらいで、暇ができたんだナ。その上、ご主人の家のように子供も成人していれば、ますます時間ができるわけだ。いい例がテレビの昼のワイドショーだ。あんなものを片肘《かたひじ》ついて見る時間なぞ、少し前の女房たちにはとてもじゃないがありゃしなかったんだよ。

しかしそうさせたのは、ご主人やわしや、先輩の男たちでもあるんだよ。皆、働くのに精一杯で、こんなことになるなんて考えもしなかったのが本当のところだろう。

一度、甘い汁を覚えさせると、男だってきついことはしなくなるんだから、ましてや相手は女たちですぞ。

私に言わせると、すべては、毎日、せっせと金と我が身を男たちが家に持ち帰ったのが間違いなんだ。

亭主に対してこころの底から感謝の気持ちと尊敬を抱いていなければ、いつ放り出されるかわからないという危機感を持たせなかったわしらにも責任はあるナ。

ご主人、あきらめなさい。

納得できない？　なら女房より早く倒れて、たっぷり介護させたらどうだ。えっ！　倒れたくない？　その根性のなさがイカンのだよ。復讐というもんは命懸けでしないと。

Q

我が家は地方で建設業を営んでおります。主人が二代目で、大学三年生の息子が家業を継げば三代目。主人もできれば継いでほしいと思っている様子です。ただ、地方は景気も厳しく、人材確保など不安ばかり。私は息子には自分の好きな道を歩ませたいと内心思っていますが、そろそろ卒業後のことを話す時期になり、なんと言うべきなのか悩んでいます。

（51歳・女・自営業）

お母さん、お子さんが家業を継ぐ、継がないは、ご主人と息子さんが話をして解決すればいいんです。

建設業だからというのは理由になりませんよ。建設業というのは立派な仕事なんですから。たしかに今は仕事の受注が減り、人材確保が難しいのは私も知ってますが、人が生きてる限り、家は必要だし、川や、山がある土地には、橋も、トンネルも必要なんですから。五年、十年、五十年先の社会の状況を、ご主人と息子さんで話して結論を出せばいいんです。

逆の話もひとつしますが、二代続いた家業だから惜しい、という考えは私は違っていると思います。息子さんが一代でまったく違う仕事で素晴らしいものを築くことは十分あり得ることですから。

男にとって仕事というものは、生涯をともに歩き、時には命懸けで取り組まねばならぬものです。まずはじっくり親子で話し合うことです。

Q

熊本地震の被害の大きさに心を痛めています。私は神奈川在住で直接被害があったわけではないのですが、現地の方々のために何かできることはないのか、歯がゆく思います。赤十字に寄附はしましたが、それだけでいいのかどうか……。ボランティアに行くにしても、まだまだ余震が続いている中では足手まといになってしまいそうですし……。過去に震災を経験されている伊集院先生に、今私たちに何ができるのか、伺ってみたくなりました。

（42歳・女・会社員）

あなたのような人ばかりなら、この国はもっと良くなっているのだがナ。

まずはその気持ちだけで十分だ。

赤十字に寄附をしたのも偉いネ。

現地へのボランティアは、これだけ余震が続いていると、まだまだ先でしょうナ。

それにしても、二日後に本震が来るというのは、私は知らなかったし、九州だけであれだけの断層が通っているというのにも正直、驚いた。日本という国土は、いつどこに大きな地震が来てもおかしくないんだネ。

東日本大震災を経験はしていても、あらためて厄介な大地の上で日本人は生きて来たんだと思い、同時に、祖先の底力を感じたナ。

家族を亡くした人、友人、知人を亡くした人、近所の人を亡くした人たちの、今の心境を思うといたたまれないナ。

被災した者の一人として、生きて行くのに一番大変だったのは、やはり食料と水の確保だったね。私の家は震源地から離れていたし、海岸でもなかったから、津波の被害も受けなかった分だけ運が良かったんだ。

まずは食料と水。これに関しては家人の母親が前の宮城県沖地震を体験していたので、娘（家人ですな）に徹底して、食料と水の備蓄をさせておいたから、これが助かった。

二番目が、身体をなるたけ平静に保つための、保温、睡眠のできる場所の確保だ。余震のせいもあるんだが、ともかく安眠はまずできない。私も一ヶ月近く、二、三時間の睡眠で過ごしたから、ともかく昼間でも休める状態を作ることだ。毛布もそうだが、雨天の時のために着換えや替えの毛布が必要だ。身体を平静に保つのがとにかく難しい。それとも関係するが、トイレの確保も重要だ。緊張しているせいか、女の人や子供は普段よりトイレに行く回数が増えるからネ。

三番目が、自分が置かれた状況を把握できる情報を手に入れる手段だ。テレビなんぞ何の役にも立たない。手動式でもいいからラジオが必要だ。それに夜には懐中電灯がいる。これらのものはすぐに電池がなくなるから、電池を送ってやるのもいいかもしれない。

最後は、東日本大震災でもそうだったが、子供たちのことを考えると、音楽でも、絵本でもいいから、**希望が持てるものを与えてやる**ことだ。ペットとともに被災した人は、ともかく常に身体に触れてやり、震えていたら、大丈夫よ、と耳元でささやいて抱いてやる。これが彼等には一番効果がある。

余計なことだが、大人の男は、**自分たちだけが良ければイイという考えを捨てる。一大事に力を発揮し、他人を助けるのが男だ。**

老いてからのもうひと踏ん張り

Q

真面目一筋の父の部屋で多数のアダルトビデオを発見しました。ただ、特に幻滅したわけではなく、父も一人の男なんだと嬉しい気持ちになりました。父にはこのことに触れずにそっとしておくほうがいいのでしょうか。何でも話し合えるオープンな家族が私の理想なのですが。
(17歳・女・高校生)

それはお嬢さん。そっとしておくことですナ。

わしはアダルトビデオを見ていたお父さんは男らしいと思うナ。

何でも話し合えるオープンな家族の姿がお嬢さんの理想なのかね。

それはそうできたらいいんだろうが、そんな家族は、日本中探しても、ないのと違うかナ。えっ！　本当に？　ってそんなに驚くことじゃないよ。

むしろ、そんなふうに映る家族の方が危ないとわしは思うよ。

人間というのは生まれた瞬間から、誰にも言えない秘密を持たざるを得ない生きものなんだと思うネ。やがて成長し、大人になっても、誰にも話せないことはずっとあるのが人間だ。そういうことに触れないでおくのは生きる作法だ。マナーだよ。

お嬢さんの家族への愛情を否定するのではないが〝**家族は他人のはじまり**〟と

いう言葉は意外と奥がある言葉なんだよ。

最後に、〝理想〟とお嬢さんは言うが、わしに言わせると〝理想〟ほどつまらんものはないぜ。

Q

友人から旅先のお土産で貰った人形がすごく不気味で嫌なオーラを感じていたのですが、それを部屋に飾るようになってから、災難ばかりが続いています。職場が倒産し無職になり、交際相手に振られ、挙げ句の果てには病気にもかかりました。あの人形のせいとしか思えないのですが、先生は不幸ばかりを呼び寄せる物体、もしくは人物というものは存在すると思いますか？　人形は捨てたいのですが、呪われそうで怖いんです。

（25歳・男・無職）

二十五歳の若者よ。

友人から旅のお土産で人形を貰ったら、その人形が何やら不気味だったのか……。

それを部屋に飾るようになってから、職場が倒産したって？

彼女に振られたって？

病気になってしまった？

そ、そりゃ、君、人形のせいじゃなくとも、君に何かが祟《たた》っとるのかもしれんナ。

その人形のせいだと思うんなら、そりゃ始末した方がいいだろう。

その人形に何か悪い霊でも取り付いとるかどうかはわしにはわからんが、君がそう思うなら、始末したらいい。

この世には、**人間の力ではどうしようもできないものはヤマほどある**からね。

君はわしと違って敏感なんだと思うから、その人形に限らず、君が災いのモトと思ったら、そういうものを近づけんことだ。

但し、人形のせいと思うなら、しかるべきところに持って行く方がいいだろう。

どこにだって？　そういう厄除けを商売にしているところはたくさんあるよ。

何だって？　不幸ばかりを呼び寄せる物体、もしくは人物が存在するかって？

物体はわからんが、雨ばかりを引き寄せる先輩ゴルファーは知っておるよ。善い人だから雨でも一緒にラウンドはするけどナ。

不幸を引き寄せる人か？

これだけ人間がいるから、いないことはないだろうナ。

君にひとつ話しておけることは、人形や、不幸のことではなく、仕事をしたり、何かを一緒にする人を選ぶ基準のひとつとして、運の悪い人、ツキのない人はなるたけ遠慮してもらうのは、これは世間の常識だから。

運のイイ人、ツキを呼ぶ人、と呼ばれるのは、そういう能力のある人だ、と考えている人が、昔から世間には多いんだ。会社によっては、そういう人を優先して引き入れる社長もいるくらいだ。

では**運とか、ツキはどこから来るのか**と考えると、わしの考えでは、仕事を懸命にやっていつもイイ結果を出す者なんだナ。つまり仕事ができる人間ということだ。

Q

四十七歳、独身です。一度の結婚生活も含め、十代からこれまで女性を切らしたことがありません。さて、そんな私ですが、先日二年付き合った彼女と別れました。すると、急に将来の不安が襲ってきたのです。これまではすぐに次の彼女を作る自信があったのですが、四十七歳で独身という事実が不安でたまりません。

子どもも持ちたいと考えていますがもう遅いのではないか、結婚生活をまた一からやっていけるのか、いやいや、出会いはもうないかもしれない、など思考は堂々巡り。もし、今後ずっと独身だとしても、充足した人生を送る上での心のもちようなどご存知なら、教えてください。（47歳・男・会社員）

君もずいぶんな男だね。

四十半ばで、これまでの人生で〝女性を切らしたことがありません〟って、君ね、女の人はクスリやお酒じゃないんだから。

まあ君の言い方は目をつぶって、何だって？　次の彼女を作る自信がなくなったって？

作る自信って、どういう考えなのかね。

君ね、交際する女の人は、陶器の里での体験制作の湯呑みじゃないんだから。

まあそれも耳を塞《ふさ》ぐとして……。

独身でも充足した人生を送る上での心のもちようなどご存知なら、教えてくださいって……。

そんなもん知るか！

私が思うに、君は独りでは生きてはいけないよ。ぐだぐだ考えてないで、次の彼女にむかって突進して行くことだ。君にできることは、おそらくそれしかないよ。一度結婚に失敗して、そして次から次に彼女が変わったということは、はっきり言わせてもらうと、まともなつき合いが一度もできてないということだから。百人の女性の貌《かお》を知っている男より、一人の満ち足りた女性の笑顔に出逢った男の方が、格が三枚（一枚で十年ですから）上だぜ。

Q

今回の舛添東京都知事の辞職にいたるまでの騒動をどう思われますか？　実は私、この人に一票を入れているんです。こんなケチで、セコイ人とは知りませんでしたし、ベストセラーになった介護の本も読んで信頼してたんですが、事実は違ったようです。もう自分が情けなくて……。

（45歳・女・東京都民の主婦）

あなたが情けなくなる気持ちはよくわかりますナ。特に、この知事に期待して一票を投じたのなら余計に腹が立って当然でしょう。

政治と金の問題を徹底してなくし、クリーンな政治をすると公約した知事が、知事になる以前の問題にしても、不透明な解決しかできなかったのには、票を入れたあなたも失望したんだろうね。

しかし今回の一連の騒動を見ていて、私は奇妙だナ、と思ったんだが。騒ぎの発端は、海外出張費の使い過ぎと公用車で湯河原の別荘へ通っていたことだったと思うんだが、どちらも、それまでの知事と金額の差が少しあったかもしれないが、慣例のところもあったと思うんだナ。公用車もしかりだ。

あの時にきちんと対処してれば済んだろうに、どうして、「トップが二流ホテルに泊まれるか」とか、「まったく問題はない」と言い切ったのかが、私には理解できんのだナ。

記者やマスコミを舐めとったとしか思えんのだよ。そりゃ日本で政治家やってって根掘り葉掘り調べられれば、おかしなところは出て来るわナ。それが次には第三者とか言って、まったく折り合おうとしなかったんだから、日本人の大半を敵に回す恰好になるわナ。

裸の王様だナ。自分の置かれた姿がまったく見えなかったのは、それはアカンナ。

そう、この人の介護の本も読みましたか。**ベストセラーの中の美談というものは、スキャンダル・醜聞と表裏一体**なのは昔から常識だからね。それがこの人の本に当てはまるかどうか私に真実はわからんが、何もかもが嘘に見えるという状態まで、なぜ行ったのかね。

今回の騒動でわかったのは、**子供はひとつ隠し事をしたり、嘘に見えることをすると、それをまた隠すために何倍も同じことをせにゃならん**ということだろうナ。

それともうひとつ、この国に**政治をまともにできる人材がいない**ってことだナ。それは、新しい候補者を見ればさらに深刻になるんだろうナ。

よくよく候補者を見定めないとナ。

Q

小生、定年をとっくに過ぎているのに、今もあくせく働いております。それというのも女房の家計のやりくりがヘタで、支払わなければならないお金がたくさんあるからです。老後だというのに、ゆとりの一つもありません。自分一人なら年金でやっていけると思うのですが……。

（67歳・男）

六十七歳の定年がとっくに過ぎたあなたが、女房の家計のやりくりの下手さで、まだ働いていらっしゃいますか。

そりゃ大変ですナ。

しかし今の世の中で、定年を迎えた人が皆ラクに生きていると、本当にあなたが思っているんだったら、そりゃ考えが甘いと言うか、**現実がまったくわかっておらん**ということですぜ。

定年まで働けば、あとは楽隠居なんてのは、もう何十年も前のことです。

今はどこの会社でも、定年まで働いた人が、退職金や貯蓄で楽に暮らせるシステムにはなっていません。さらに正確に言えば、そんなふうにできた人はほとんどいなかったんですよ。

昔から、**人は老いてからもうひと踏ん張り**というのが、当たり前で、皆そうして来たんです。

次に、奥さんの家計のやりくりですが、これはあなただけが被害者ではなく、大半の家庭がそういうものです。

それに一体何年一緒にいるんですか？　こうなることは見えてたでしょうに。

ともかく働き続けて、あの世に行きましょうよ。

女を舐めとると、命取られるよ

Q

八十一歳老女、夫と十五年前に死別しひとり暮らしをしています。実は今、三十三歳の商店主の男性と交際中です。買い物をしに行って顔を合わせるうち、気が付いた時には互いに愛しあっていました。年齢は関係ない、たとえ短い間でも籍を入れて夫婦として暮らしたい、老後を看てあげると言われています。人生の終り近くにこのような愛を知ったことに幸せを感じています。心身ともに二十代になったような気分です。しかし、このことを私は息子に言えずにいるんです。やはりどこか恥ずかしさがあります。彼は世間体など気にすることはないと言ってくれていますが、どうしたらよいでしょうか？

（81歳・女）

それは良かったですな。

近頃、耳にする高齢者たちの話は、身体の具合いが悪いとか、若い人たちへの不満とか、愚痴《ぐち》に聞こえるものが多くてね。正直、困ったもんだ、と思っていたんだよ。

あなたの相談を読んで、私は嬉しくなったね。

そうだよな、**私はこういう話を待っておったんだ**と。

歳を取ったら何もかもが、晩秋の木の枝のように枯れてしまうばかりなら、誰もが歳を取りたくはなくなるじゃないかと。

高齢というだけで、希望や、まぶしくてキラキラしたものと無縁になるはずはないという、信念が私にはあるんだよ。

まさしく、それを証明してくれるような話で、あなたに起こったことは、高齢な女性の光りですな。

心身とも二十代になったような気がしてるんですか?

ヤッホーですな。

恋愛というものは、どれだけ高価な若返りのクスリよりも、力を持ってるんですな。

いやはや、素晴らしい。

さてそれで、あなたの心配事は、相手との年齢差のことで、結婚したら、息子さんが、世間がどう思うかってことですか?

そんな、息子さんもそうですが、あなたより歳の下の連中が、あれこれ言うことなんぞ、放っておきなさい。**大切なのは、当人同士**なんですから。

二人が仲良くしている場所には誰も入って来られないんですから。

一緒に暮らしなさい。

ただ私、一言だけ忠告しておきます。

老後を看てくれる、ということを全面的に信じてはダメでしょうな。あなたがそれほど相手の人のことを好きなら介護をして疲れる相手を見たくはないでしょう。二人がこれから一緒に暮らすことと、老後の面倒は、今は違うことですから。

次に、籍を入れることですが、それもまずは暮らしてみてから考えなさい。

籍なんぞ、いつでも入れられますし、二人の愛に、必ずしも入籍は必要ありません。

Q

二人の娘がおります。どうしても男の子が欲しくて三人目に挑んだのですが、また女でした。女の子しか生まれない家は、夫が妻を本当は好いていないのだという話を聞いたことがあります。周囲に「あの奥さん愛されてないのね」と思われているようで情けないです。どうしたらこの気持ちが晴れるでしょうか?

（36歳・女・主婦）

〝女の子しか生まれない家は、夫が妻を本当は好いていない〟という話を、わしは長いこと生きてきて一度も聞いたことがありませんぞ。

念のため、地方の風習、言い伝えなど民俗関係の本を調べてみたが、やはりなかったぞ。

まあどこかに、そういう風聞、風評があったとしても、そんなもんは、子を授からなかったり、男の子しか生まれなかったバアさん連中の嫉妬《しっと》から出たもんだろうよ。

さて奥さんの悩みだが、**何も心配せんでよろしい**。

もう一人産みなさい。

私の家でも、最初から三人目まで皆女の児で、跡取りの男児が欲しかった父親も、母親もずいぶんと気を揉んだ話を聞いたよ。

母親も〝女っ腹〟とか、ひどいことを言われて、いっとき肩身《かたみ》の狭い思いをしたそうだ。それで父親も、周囲のアホどもにそそのかされて、外に子を産んでもらったら、それもまた女の児で、父親が〝女イモ〟と呼ばれたんだよ、ワッハハ。

ところが母親は四人目にわしを産んだ。

それですべて円満になった。

心配せんでも、あなたが旦那さんをいつくしんどることは文面でわかるし、もう一丁ガンバリなさい。

わしの方は、その外の子（内も外もないが）と同級生になり、父親に言われて仲良くしたがね。そのとき「かあさんには内緒でナ」と父親に言われた。わしはガキの頃から、世間の勉強を実践として学んだんだナ。

奥さん、外の声など放って、**ガンバッテ**。

Q

大学進学を機に都会で一人暮らしをしていますが、知らない土地で気分が塞ぎ、落ち込む毎日です。でも、周囲に心配をかけたくない一心で強がってしまうのです。親からの電話には明るい声で返し、直後に数日寝込むこともしばしば。辛い感情を家族に吐き出すことは大切だと思いますか？　それとも田舎の親に心配をかけないよう頑張るべきでしょうか？　（18歳・女・大学生）

あなたがそうやって、独りで今の不安定な気持ちを乗り切ろうとしているのは、決して変なことではないし、十八歳という年齢で、きちんと自分の力で生きて行こうとする姿勢はいいと思うよ。

すぐに誰かに頼ったり、両親に泣きついたりする人よりも、よほど見込みがあるよ。

そういう不安定な気持ちの自分と向き合ったことは、のちのち他人の気持ちを理解するのに、必ずやいい勉強になるはずだ。

ただ、あなたの今の状態を見ると、ご両親からの電話に、つとめて明るく応対し、その直後に数日も寝込んでしまうことがたびたびあるのなら、そりゃもう、独りで踏ん張る必要はないだろうな。

周囲に心配をかけたくないというあなたの気持ちはわかるが、家族、ましてやご両親はこの世の中であなたのことを一番思ってくれている人たちだから、元気ではないのに元気な素振りをすることは、ご両親のあなたへの思いに対して裏切っていることにならんかね。

このまま不安定な気持ちが続いて、病気にでもなって、そこで初めてご両親があなたのこの数ヶ月にまったく気付かなかったと知ったら、そりゃ悲しむなんてもんじゃないでしょう。

両親に嘘をつくということは罪ですから。

まず正直に、今の自分の気持ちを、家族に話しなさい。泣いてもかまわんよ。

あなたが想像している以上に、素晴らしい結果が出るはずです。もう一度言いますが、自分の子供から真実を話してもらえなかった親がどんなにショックを受けるかをよく考えなさい。

最後に、ご両親だけではなく、自分の本当のことを話せる友人を作ることも大事だな。

人間が一人でできることには限度があるし、きちんとしたことはすべて他人とともに築いたものなのです。

Q

職場の隣席に、きれいな女性の先輩がいるのですが、実は彼女、よく鼻をホジっているんです。鼻クソを丸めて指で弾いたり、時には鼻毛を抜いたりしている姿が、僕の席からはよく見えます。勇気を出して「やめてください」と言うべきか、それとも見て見ぬふりをすべきでしょうか。気になって仕事が手につきません。

（25歳・男・会社員）

君ね。人間は鼻の中に、粘着質なゴミが溜ると、誰だって、そりゃ取り除くでしょう。

美人も、聖人も関係ありません。

そりゃハナクソほじくるし、それが出て来れば丸めたくなるのは**人間の習性**でしょう。

鼻毛だって抜きますよ。

それを、勇気（こういうのを勇気とは言わんが）を出して「やめてください」と言うべきかって？

バカか君は。そんなこと口にしたら引っぱたかれるに決まっとるだろう。**美人という生きもの（特に本人が美人と思い込んどる場合）は、自分の失態を暴かれるのが何より嫌なんだから。**そんなことを口にしたら、たぶん会社から叩き出されるよ。

見て見ぬふりをすべきかって？

丸めるところまで見てて、見ぬふりはないでしょう。

心配で仕事が手につかないって、君はそんなことばかり見て、まともに仕事しとらんでしょう。

まったく、若いというのは、考えが浅いどころか、何もわかっとらんな。

女を敵に回すな。これがすべての答えじゃ。

Q

一度だけ、ほんの軽い気持ちでした浮気が彼女にバレました。それ以来、僕は反省しているのに、彼女は独り言を呟《つぶや》いたり、突然笑い出したり、言動がおかしいんです。僕を脅《おど》かそうと、わざと演技をしているのかも。放っておいてよいものでしょうか？（19歳・男・大学生）

大学生の若者よ。

君は、〝ほんの軽い気持ちでした浮気〟と言うが、浮気に、軽い、重いはないの！

そうなんですか？　と君は思うかもしれないが、言動がおかしくなったり、突然笑い出したりしている彼女に訊いてみればわかるよ。

まあ、それは訊けんわナ。

彼女にとって、君の浮気が、軽い、重いなどとは端《はな》っから考えてないんだよ。

そして君の彼女が、他の女の子より潔癖症だということもまったくありません。

彼女は、君に裏切られたということと、彼女自身を否定されたことに混乱し、怒りをどう処理していいのかわからなくなってるんだろう。

じゃどうするかって？

ともかく謝る、詫びる、悪いのはすべて自分だという姿勢で、すべてに対応することだ。

彼女がわざと演技をしているなんて、爪の先でも思っていたら、さらにおかしなことになるよ。

君は若いから知らないだろうが、**女性という生きものは、私たち男より何倍もパワーを持っている上に、こういう出来事を決して忘れないという、おそろしい執着力を備えているんだよ。**

女を舐めとると、命取られるよ、ホントに！

夢や希望を足でつかんだ者はいない

Q

新婚生活一ヶ月の主婦です。旦那が真夜中にひとり暴言を吐いている現場を目撃してしまいました。私の前では愚痴もこぼさず真面目に仕事に通っているので、ショックです。放っておいてよいのか、彼の悩みを聞くべきか、迷っています。いつも温和な笑顔で私や他人に接している夫の意外な一面に、正直戸惑っています。

（25歳・女・主婦）

二十五歳の若奥さん、新婚生活一ヶ月目で、ご主人が夜中に一人で部屋で暴言を吐いているのを見たのですか？

それで、ご主人は普段はおとなしい人で、愚痴ひとつあなたの前でこぼさない真面目な人に見えていたんですか……。

そりゃ少し驚いたでしょうな。

けど奥さん、生まれも育ちも違う二人が同じ屋根の下で暮らしはじめれば、それはびっくりすることがあるのは当たり前でしょう。

男というものは、社会に出て働きはじめれば、それは辛いこと、我慢のならないことにぶつかるのは当然なんです。

ご主人の場合、それを可愛いあなたの前で吐き出さないだけ、あなたを大切にしていることでしょう。

しばらくは放っておきなさい。聞かなかったこと、見なかったことにしておくんです。

それがご主人への配慮でしょう。

そのうちご主人は、いろんな問題をきちんと解決しますよ。

あなたももう二十五歳で、人の妻だから、はっきりと言っておきましょう。男に限らず、**ある程度生きていくと、他人にも、家族にも言えない秘めておかねばならぬものを背負い込む**ものなんです。

家庭、家族というものは、テレビのホームドラマのように誰かが書いた筋書きで進むことは決してありません。

生きるということ、人生というものは、十人いれば十人の生き方、人生があり、どれひとつ同じものはあり得ません。

それにいちいち驚いたり、反応し、心配をしていたらキリがありません。

見ぬ振り。

聞こえなかった振り。

それを体得するのも大事なことです。

ともかくしばらく、放っておきなさい。突き放した答えに思えるでしょうが、実はそれが愛情のかたちであったりするものです。

Q

先生はゲバラをご存じですか？　最近、夫がゲバラの本を読み「旅に出たい」と言い出しました。しかも家族に内緒でバイクの中型免許を取っていたことが発覚！　問い詰めると「風を感じたい」などと言い、今度はバイクを買おうとしています。夫は会社を経営していて責任もあるし、二人の子供もまだ小さいのに、事故を起こされてはたまりません。家族全員で反対していたら、最近、夫の目が血走ってきました。先生からも厳しく叱ってやってください。（39歳・女・主婦）

チェ・ゲバラは勿論知ってますよ。

二十世紀の革命家のシンボルのような人であり、そういう生き方をした人です。今でも世界中で、彼を崇拝する人は大勢います。

さて、それで、ご主人がゲバラの本を読んで、旅に出たい、と言い出したんですか。

イイですね。夢があるというか、情熱家なんでしょうな。

それで家族に内緒でバイクの免許を取得したのですか？

「風を感じたい」

ヤルネ。風なら扇風機でも感じられるんですが、男のロマンに目がむいたんですな。

しかしご主人は経営者であり、まだちいさい二人のお子さんまでいらっしゃる。

バイクで事故でも起こされたら、と家族全員で反対したら、最近、ご主人の目が血走ってきた？

私に厳しく叱れと言われても、**私は男性の味方ですから**、ただ叱るじゃ解決にならないでしょう。

解決法はひとつあります。

奥さん、あなたが、今日からカストロになるんです。そうして言っておやりなさい。

「チェ（ゲバラのこと）、まだ私たち家族の革命は完了していないぞ。バイクで旅に出るのはまだ早い」

とね。ご主人がどう反応されたかは、また聞かせて下さい。

Q

高校生の息子が扇風機のスイッチを足で押しているので叱ったら、新聞のアンケート記事を持ってきました。なんと八割近い人が「足の指で扇風機を操作してもいい、自分もよくやる」と回答したとか。どうしても納得がいかないのですが……。

（50歳・男・公務員）

五十歳の公務員のお父さん、あなたは何ひとつ間違っていません。

新聞のアンケート？

そんなもんを信用する人間になってはいけません。今や、新聞社の利益は貸ビル業で上げているようなもんで、まともな経営者、論説委員、記者など数えるほどしかいません。

新聞ジャーナリズムの退廃は目をおおうばかりです。

足の指で扇風機のスイッチを押す人間はすでに、人間のクズです。

足は大地を踏みしめ、人間がむかうべき場所へ歩いて行くための身体の一部です。

どこに足の指でメシを食べる者がいますか。どこに神社に参詣して、足を合わせて祈るバカがいますか。

お父さん、堂々と言いなさい。
人生の夢や希望を、足を伸ばしてつかんだ者は誰一人いないと。
万一、失敗した時、足が頭を掻くか！
きちんと生きることは、すべて姿勢にあらわれるんです。

Q

五十九歳のバツイチ女性。バイト先の二十代男性が私に打ち解けてくるのです。彼は数年前、不運な短い結婚をし、そのせいで同世代の女性に臆《おく》し、年上の私に気を許すのかもしれません。彼が不憫《ふびん》に思われ、自分が性の対象になってもいいと思っています。とはいえ二十代の男性がいくら不自由しても母親以上の年齢の女に欲情するなんてアリエナイでしょうか？　彼は私に何を求めているのでしょう？　（59歳・女・アルバイト）

近頃、この欄に年齢差のある恋愛についての相談が多くないか。しかもその相談の内容が、すべて女性が年上のケースなんだが、これはひとつの社会現象なのかね。

それとも若い男性に、女性に甘えたいという感情を持つ人が増えてるんだろうか？

ハイ、それで五十九歳のあなた。

バイト先の二十代男性があなたに打ち解けてきてるんですか。

嬉しいじゃありませんか。

きっとあなたに魅力があるからですよ。

その相手は、不運な短い結婚（そりゃどういう結婚じゃ）を経験し、そのせいで同世代の女性に臆していて、年上のあなたに気を許してるのかもしれないと推測してると……。

その推測自体が、わしには少し危険な気がせんでもないが、ともかくあなたはその男性が不憫に思われてしかたないんだわナ。

それで何だって？

相手が可哀相だから、あなたが彼の性の対象になってもいいと思ってる？

なんですぐに、セックスの方に話が行かにゃならんの。

他にいろいろ助けようがあるのが、年長者が年下を思う時の、社会の常識と違うのかね。

まあ、いいでしょう。あなたが彼を救うさまざまな方法の中で、セックスを選び、身体を張って差し上げようとする姿勢は、立派というか、アブノーマルというか、ともかく人助けは**大人の女性として素晴らしい**ことです。

母親以上の年齢の女性に、若い男性が欲情することがアリエルかって？ あなた、男の欲情の大胆なのをご存知ないんですか。いったん男が欲情したら、歯ブラシでも、靴ブラシでも何でもいいから口実に使って、男は相手を押し倒そうとするもんなんだよ。

常識は欲情の前では崩壊するのみなんじゃ。

男の欲情＝非常識。それが答えですナ。

彼が何を求めてるかって？

聖書のようなことを言って申し訳ないが、

〝汝の求めるものを相手に与えよ〟

せっかく打ち解けてきたんだ。可愛い相手を解かしてやりなさい。

Q

六十三歳の建具職人。細かい細工物を手がける前の一服は至福で、タバコは人生の友と思っています。しかし、昨今の嫌煙ブームはスゴイ！　喫煙ＯＫのパチンコ屋、喫茶店であっても、タバコに火をつけると露骨にイヤな顔をする男性、ご婦人がおられる。伊集院先生は喫煙についてどうお考えか。　（63歳・男・職人）

私も煙草は好きで、毎日、呑んどるから、あなたが昨今、世の中で感じている喫煙者への世間の目はよくわかります。

私も、外で煙草をくわえた瞬間に、露骨に嫌な目をされたことは何度かありますよ。

でも、そりゃしょうがないんだよ。煙草を一度も喫《す》ったことのない人にとって、やれ身体に悪い、肺癌《はいがん》になると教えられれば、煙草を喫う行為そのものが、自殺行為、犯罪に近いものに見えるんだよ。そういう輩《やから》は放っておきなさい。ただ私は、妊婦や、赤ん坊、子供が居る場所では喫わないようにしとるんだよ。

けど大人の男、女から、むこうへ行って！　と言われたら、私は言うの。おまえたちがむこうへ行きなさい。顔を見てるだけで煙草が美味くなくなるから、とね。

軒下で雨を避《さ》けての一服。

初雪を眺めての一服。

銀座の柳の下で燕《つばめ》と一服。

こんな素晴らしいものを知らずに死ぬのはバカだよ。

よく、煙草を喫う人は、禁煙が、我慢ができない人なのよ、と言う輩がいるけど、私に言わせると、健康のことや他人に有害なものを撒き散らしてと言われながら、なお喫ってる人は、実は意志が強い人なんじゃないかと思ってるんだよ。

最後にイイ話をすると、煙草を喫うことはまず身体に悪い。次に他人にも良くない。さらに吸殻というゴミが出る。その上火事になることもある。あなた、これだけ**悪いことが揃ってるものを愛し続ける行為こそ、人間として大事なものを守っているということじゃないのかね？**

男の本性は失敗することで見えてくる

Q

想いを寄せる人に告白したら、「自分は特定の相手を作らずに沢山の女性と遊ぶタイプ」と言われ、彼の気の向いた時にデートをしたり、夜をともにすごしたりしています。安定した交際ではありません。それでも彼とすごすわずかな時間に幸せを感じています。友人からは呆れられていますが、自分が幸せなら、この愛を貫いていいと思っています。先生はどう思いますか？　（19歳・女・大学生）

十九歳の女子学生君。

恋のかたちはさまざまで、ひとつとして同じものはないからね。

それで彼氏が何と言ったんだって？

「自分は特定の相手を作らず沢山の女性と遊ぶタイプだから……」

と相手が言ったのかね？

そりゃ、そいつはバカでしかないでしょうナ。世の中で懸命に働いとる若い男性が相手を見つけられずに苦労してるのに、あなたの彼氏はそんな口をきいたのかね？

そいつは世の中を舐めてるどころか、**ただのアホ**でしょう。

男の何がみっともないかと見てて、**若い時の、青二才の、傲慢ほど醜いもんは**

ないからね。

自分が他の連中と違って何かを持ってると思い込むことの愚かさがわかっとらんのだよ。

あの女優の息子だってそうでしょう。俺ならヤレル、俺ならついて来る、という傲慢さが、女性を部屋に引っぱり込ませたんでしょう。あとから怖い兄チャンがあらわれたなんてことは、別の問題でしょう。

引っぱり込んだのは当人で、女性は被害者なんだから。そこを見間違えちゃダメだ。

えっ？　あなたの彼氏はそんな男じゃない？

そりゃ、勿論、そうでしょう。

けど、あなたがその男とすごすわずかな時間が幸せと言っても、その男はあなたに心底は惚れてはいないよ。

自分にとって都合のイイ生き方をどこかに用意している輩は、この先、何をやっても、まともなことはできないから。

何？　そこまで言わなくても？

じゃ、続けなさい。**失敗することでしか見えない〝男どもの本性〟はあるしナ。**

Q

八月二日、主人をすい臓がんで亡くしました。その後、主人の闘病中も、亡くなってからも私たち家族を支え続けてくれた愛犬のゆうすけを九月二十五日、突然の病で亡くしました。ゆうすけは、定年後うつ病になった主人のためにわが家に来てくれた子でした。あまりにも突然の別れで、私も娘もこれから先どうしていいのかわかりません。どうか私たちに立ち直るきっかけをアドバイスしていただけないでしょうか？

（56歳・女・パート）

心中お察しします。

ご主人のご逝去、まずお悔やみ申し上げます。そしてその翌月に、ご主人のうつ病の折に寄り添ってくれていた愛犬ゆうすけ君とも別れることになったのですか。

それは何とも切ない話ですな。

身近な人との（ゆうすけ君はあなたたちにとっては子供と一緒でしょうから）別離が重なることは、あまりないように思われますが、実は多いんです。

だからといって、あなたたちの悲しみがやわらぐことはないでしょうが、まずわかって欲しいのは、このような辛い目にあっている人が、あなたたち以外にも大勢いることなんです。

まずご主人、娘さんの父上との別離は、今は耐えることです。そうしていれば、やがて時間がその悲しみのかたちを変えてくれますから。必要以上に悲しまないことも大事です。

死別というものは、その人に二度と逢えないということで、それ以上でも以下でもありません。同じような立場で耐えて生きている人は、これも大勢いるのが世の中です。

次にゆうすけ君ですが、私の提案は、なるたけ早いうちに（一年後でもかまいませんが）、ゆうすけ君の**生まれ変わりの犬でも、猫でも、鳥でもいいですから、探すこと**です。

犬猫なら、保健所に、飼い主を求めている犬たちを見に行くのもいいでしょう。何か感じる犬や猫にめぐり逢うこともあるはずです。

私の友人の夫婦も、人生の時間をともに生きた二匹の猫と死別し、二人は数年後に思い切って保健所に行き、二匹の犬とめぐり逢い、半年、一年と辛抱して、二匹が自分たちに慣れてくれるのを待ちました。

決して、自分たちだけが**不運なのだと思わない**ことです。

Q

二歳の男の子がおります。優しい夫もいて、何不自由なく暮らせています。ですが、衣食住に困ることなく暮らせるのは当たり前のことではなく、とても恵まれた、幸せなことなのだと息子に教えなくてはと思っています。子供のうちから苦労や困難を経験し、それらを乗り越える力をつけて欲しいと私は思っていますが、わざわざ子供に困難をつくって与えるのも疑問です。言葉で言い聞かせるだけで伝わるものでしょうか？（30歳・女・専業主婦）

お母さん、あなたの考えは、今どきの若い母親の中では、貴重なほど正しい考えです。

その考えが常にあれば、あなたのお子さんはきちんとした若者になるでしょう。

参考までに、私の考える子供の躾とは、ものごころついた時、他人の哀しみ、痛みを自分のものと捉えることができるようにすることです。哀しみ、痛みと書くとわかりにくいですが、たとえば兄弟、友達が何かの理由で泣いている時、それを可哀相だと思える精神を作ってやることです。生きものの本能の中に、自分が良ければ他人のことはどうでもいい、というものがありますが、それでは社会の中で生きていけません。**自分以外の人、生きものの痛みを受容できる子供にで**

きたら、子育ての半分は終っています。

私は若い人から、きちんとした大人になるには、と訊かれた時、君たちには悪いが、それには苦しい時間、辛い時間をどれだけ耐えてきたかが決め手になります、と答えています。

Q

大のギャンブル好き。若い時はマカオのカジノにハマり、競馬では大本命の単勝に百万単位で賭けてきました。ディープインパクトが負けた有馬記念でも単勝百万、見事にやられています……。借金はないけど貯金が底をつきそう。最近では先生もお好きなミッドナイト競輪にハマってしまい、給料日までインスタントラーメンでしのぐ生活です。いい年して独身。ギャンブルはやめられませんが、うまくつき合う方法があれば教えてください。

（48歳・男・会社員）

そうですか、ギャンブラーですか。

若い時にはマカオのカジノに入《い》り浸《びた》り？

競馬では本命馬の単勝馬券を百万円単位で打ってますか。ミッドナイト競輪もおやりですか。

それで一発当てて、御殿かどこかにお住まいなんですか？

えっ！　違う？　給料日まではインスタントラーメンでしのいでいらっしゃる。

だからいい歳して嫁の来手《きて》もない。

ハッハハハ、**イイ感じの人生じゃありませんか。**

心配することなんかありません。それだけギャンブルをして、まだ生きてるんですから。生きてさえいれば、そのうち〝大当たり〟もやって来ますよ。

本当ですかって？

本当かどうかはわしにはわからんよ。わしも人生の半分以上をあなたと同じように過ごしてきて、〝大当たり〟には遭遇しとらんもの。

ギャンブルと上手くつき合う方法？

そんなもんがあるんなら、わしが教えてもらいたいよ。

バカとギャンブルは死ななきゃ治りませんから。

Q

父も祖父も満月のようにハゲており、自分も将来ハゲると覚悟しています。朝起きると枕元に抜け毛が散乱、慌てて頭に手をやると更にバサバサ抜け落ち、「ギャーッ」と叫んだところで目が覚める。そんな悪夢も繰り返し見てきました。幸いまだハゲてませんが、ハゲる前に結婚したい。気持ちはアセるばかりです。こんな僕にハゲましのお言葉を……って、笑い事じゃないんですよ！

（30歳・男・会社員）

私はこの欄で、基本として、病気の相談、体型もしくは容姿の相談は受けないことにしています。

その理由は、どうしようもないことについて他人に意見を聞いても、そこにきちんとした、適切な回答はありえないと思っているのです。

あなたのように頭髪に関して、そうやって明るく、冗談を交えて口にできる人は、正直言って少ないし、**ほんの一握りしかいないんだよ。**

増毛やカツラの会社があんなにテレビでコマーシャルを打ち、なお利益が上がっているのは、それだけ深刻な問題として捉えている人が多いってことなんだよ。

ずいぶん昔に、私も酔って後輩の頭髪のことを口にして、以来、ぎくしゃくしたまま、彼は若くして亡くなったんだが、今でもきちんと謝っておけばよかったと思っている。

三十年くらい前から、ヨーロッパでスキンヘッドに近い短髪の髪型が流行し、恰好イイというので今も支持されているのは、やはりその証明だと思うよ。

君は明るくてイイネ。

イイ女は、君の頭髪のことなど気にしないよ。バカな尻軽女だけが、大人の男の頭髪を気にするんだよ。脳ミソもないくせに。

才能なんてほんの少しでいい

Q

小説を読んだり、映画を観るたび感動し、「自分も将来、何かを生み出す人になりたい」と強く思います。でも、いざ小説を書こうとしても一行も書けません。すでに世に存在する名作の数々、若くから活躍しているクリエーターたちと、自分との落差に絶望し、胸が張り裂けそうになります。何かを作りたいという夢は、諦めたほうがよいでしょうか？

（18歳・男・大学生）

十八歳の大学生か。これまで読んだ小説、観た映画に感動したのかね。それは良かったね。

それで自分も何か創造する仕事をしたいと思ってるのか。イイじゃないか。何？　それで、いざ小説を書こうとしたら、一行も書けなかった？

そりゃ当たり前だ。すぐに小説が書けた人なんか、この世に一人もいやしないよ。

小説を書くために、世の中のいろんな小説を読むことは大切だが、いざ自分が書く時は、名作のことなど忘れなきゃ。ましてや書いてる最中に名作を読んだら、そりゃ誰でも書けなくなるよ。

小説以外を目指す時でも、すでに成功している若い人の作品を観たり、その人が口にしていることなど耳にしちゃダメだ。

小説のことで言えば、才能なんてのはほんの少しでいいんだ。ともかく毎日書く。書きはじめたら最後まで書き切る。自分の力に失望したら？　それでも書き続ける。それができたら、ひとつのカタチができるもんなんだよ。

Q

かねて闘病中の父がいよいよ危ないと言われました。父も七十歳。母も私も覚悟はしていますが、このことを父の母である祖母に伝えるかどうかで迷っています。祖母は百歳にして元気、頭もしっかりしていますが、足腰は衰えてホームから気軽に見舞いに来ることはできません。父自身は「年寄りを悲しませるな。言わんでいい」と言います。でも、祖母にいきなり訃報が届くような事態になっていいのか？　真実を伝えるべきではないかと悩んでいます。（44歳・男・自営業）

私は、家族の病気は、基本として家族全員が知っておくべきことだと思います。病人が報せるな、と主張しても、報せることは家族のつとめと考えています。ましてや病状が重篤な場合はなおさらです。

なぜそうすべきか？ それは**家族の中の誰かの死は、残された家族全員がきちんと受け止めるのがつとめ**だからです。

さて、今回のあなたの父上の場合は少し事情が違っています。それは父上とお祖母さんの年齢が高齢である上に、父上には自分が母親より先に亡くなることで、母親を悲しませたくないという考えがあるからです。そう思う父上の心情はよくわかります。誰でも、悲しんでいる母親を見たくないのは当然でしょう。

私ならこうします。百歳のお祖母さんには父上の病状を詳しくは伝えずに見舞いにお連れします。父上が眠っていらっしゃる時でもいいでしょうし、私は起きていらっしゃる時でもかまわないと思います。但し、お祖母さんに病状を伝えていないことは事前に父上に報せておいてです。

お二人がそこで何を話されるかは、お二人にまかせるべきです。親と子供は何歳になっても親子ですから、二人にしかわからないものがあるはずです。

最後に、百歳近い年齢の方は人の生死についてきちんとしたものを持っておられますから、あれこれ考えないで**早いうちに訪問してもらうことが家族のつとめ**です。

Q

毎年買い続けてきた宝クジが当たり、五千万円を手にしました。両親にだけ報告し、半分を実家の改築に使ったのですが、なぜか親戚中から次々にお金の無心が。あれこれ融通し、ちょうどお金がなくなった頃、自営業の弟が来て、「資金繰りに困っている。助けてくれ」と言うのです。事情を話しても、「よそに貸して、どうして俺に貸せないんだ」と殴り合いの大喧嘩に。互いの家族を巻き込んでのモメ事になり、散々です。今後、弟や親戚たちと、どうつき合っていけばよいでしょうか？　（50歳・男・会社員）

五十歳のサラリーマン氏よ。もう少し早く相談して欲しかったね。〝**宝クジが当たった時は、まず半年、沈黙する**〟これ常識ですから。知らなかった？　まあそうだろうね。当たるとは思わないのが宝クジで、当せん番号と照合して、やっぱり当たらなかったというのが宝クジだものね。さて、口にしたものはしかたないナ。殴り合いの大喧嘩？　あっちに回せて、なんでこっちに……と怒鳴り合いネェ～。

けど、その程度で済んで良かったんじゃないの。あなたは宝クジに当たった人たちのその後がどうなっているかをご存知ないから、おわかりにならないでしょうが、破格の当せん金を手に入れた人たちの大半が、その後、悲惨な人生になっているんです。

知らなかった？　そりゃそうでしょう。宝クジの胴元は銀行ですぜ。**銀行の連中が、そんな本当のことを言うはずがないじゃありませんか。**

銀行に勤める人の大半は、悪魔に魂を売った連中ですよ。投資家と、銀行家、それに一部のデベロッパーは、今の金融中心資本主義の末期がどうなるかわかっていて、平然とこれを続けている輩なんですから。

ともかく持ち慣れない金は持たない方がいいんですよ。

Q

中学生、小学生の子を持つ主婦。最近、中絶をしました。私の身体の具合が悪く、さまざまな事情を考慮して決めたことですが、罪悪感に押し潰されそう。子供たちのためにも前向きにならなければと思う反面、夫がもっと健康な女性と結婚していれば三人目の子供もこの世で暮らせていたかも、と考えてしまいます。夫は

「自分を責めるな」と言ってくれますが、私はどうしたら許されますか？　（39歳・女・主婦）

奥さん。旦那さんがおっしゃるとおりだと私も思います。

世の中には、奥さんよりもっと大変な身体の具合、事情で子供を作れなかったり、中絶をしなくてはならなかった人が大勢いるんですから。

こういう言い方をすると、もっとたくさん子供を授かってしあわせにしている家が、母親が、何人もいますという人もいるでしょうが、奥さんも、もう四十歳でしょう。世の中の哀しみ、切なさが、どうかたちになっているかは識《し》っておかないと。

私の母親は、姉たちが、あの家に生まれて来たかったとか、もっと背が高かったら、とか不平を口にした時、いつもこう言ってました。

「上を見たらキリがありません」

奥さんには、元気なお子さんが二人もいるんです。

最後に、中絶に対する考え方ですが、中絶を単純に罪悪だと考えるのは、私は間違っていると思います。だから中絶反対をことさら叫んでる人を見ると、君たちは世の中の何を見てるんだ、中絶せざるをえなかった人がいったい何万人いると思ってるんだ、何でもかんでも反対するのは傲慢じゃないのかよ、と思うね。

Q

夫の実家に行くたび「早く孫の顔が見たい」と言われて困ってます。夫はすごく淡泊で、私から誘ってもめったに応じてくれません。なのに姑は「夫婦のことはちゃんとなさってるの？　○○ちゃん（夫）は昔から繊細な子だから、あなたがムードを盛り上げて」などと勝手なことばかり。「オメーの息子がヤル気ねーのに、孫ができるわけねーだろ！」とノドまで出そうですが、それを言っちゃあおしまいよ、と我慢の日々。私は一体どうすればいいですか？　（33歳・女・会社員）

三十三歳の若奥さん。

わし、あなたのような女性好きだナ。

性格も明るいんだろうし、きっと奥さんはチャーミングな女の人だとわかるよ。

旦那さんのお母さんにむかって、オメーの息子がヤル気ねーのに、か。イイナー。

姑と嫁の関係はこうじゃないとイケマセンネ。

で、その淡泊殿下の、夜の動きが悪いんだ？

どうするかナ……。

競輪選手なら半鐘叩きまくりゃ、皆一斉に動き出すんだが、ベッドサイドに半鐘置くのもナ。

そうだ！　相手が亭主と、人間と思うから、手が緩《ゆる》むんだよ。いっそアラブかサラブレッドの馬と思って、ゲートが開いたら、鞭《むち》を入れっぱなしにしてみちゃどうだろう。

鞭だけじゃ動かなかったら、ハイヒールでも履《は》いて、思いっ切り踏んでみたらいいんじゃないか。

喜んだらどうするかって？

それはそれで新しい世界がひろがってイイんじゃないの。

だいたい自分のバカ息子を、〇〇ちゃんは繊細だから、なんて口にする母親や家族ほど、無神経が束になって生きてる連中はいないんだから。

ともかく、**動きの悪い生きものは、引っぱたくのが一番**だから。

男の友情は勲章

Q

看護師になりたいという夢を持ち、人一倍努力し、国立大学の看護学科に入学した娘が病気になりました。現在入院中で、これから一生病気と向き合わなければなりません。年数をかければ卒業はできそうですが、体力的に看護師をやるのは厳しいと思います。本人は、気丈にも「何とかなる」と言っていますが、母親である私は「何がいけなかったのか？」と泣いてばかりで、娘に逆に励まされています。母として、娘をどう導いていけばよいですか？　（45歳・女・主婦）

それは大変だね。

お母さん、まずは「自分の何がいけなかったのか？」という考えをやめなさい。私も、家族を事故や病気で突然のように亡くしたんだが、その時はお母さんと同じように、自分の行動ややり方に何かいけないところがあったんじゃないのか、と自問したことがあったよ。そう思ってしまうのが肉親というものだ。でもそんな問いに答えなど出やせんのだよ。

大切なのは、目の前にあるものをどう受け止めるかだよ。どう受け止めるかというのは、あなたも娘さんも**明るく笑って生きる道が必ずある**ってことだ。それが人間にはできるんだよ。

娘さんが何とかなる、と言ってくれてるんだから。きっとイイ方向へあなたたちは向かえるって。嘆くより、笑わなきゃ。

Q

以前、キャバクラに嵌《は》まり、行き着くところまで行きたいと相談した自動車部品メーカー勤務の男です。世間の過重労働をやめようという流れの中、弊社も残業が禁じられ、仕事途中でもパソコンを切って帰宅せざるをえない毎日。早く帰ってもやることがなく、キャバクラが唯一の息抜きでしたが、カネも尽きました。先生の仰《おつしや》るとおり、夜の店で働く女性が客を恋愛対象として見るはずもなく、今では冷ややか。家で一人飲んでも、虚しく、寂しいばかりです。

（25歳・男・会社員）

まずはこの数年、社会問題になっている多過ぎる労働時間とその管理のことですが、私は若い人、まだ仕事が何たるかがわからない新人が、労働基準法の八時間できちんと仕事を覚えることはできないと思っています。法律は法律ですから会社も変わらねばイカンでしょうが、基準という言葉を、私はそれぞれの職種、立場で、幅を持って考えるべきだと思っています。**現在の日本の経済をここまで築いたのは日本人の労働の充実した中身にあった**のです。もっと働きたい、働かねば仕事の区切りがつかない労働者に対して、新しい労働のシステムを作るべきでしょう。働き過ぎることが悪いと決めつけて、日本が他の国とどうやって肩を並べるんですか？

質問と違う？　そうでしたね。

もう少し踏ん張って、夜の世界で粘《ねば》っちゃどうかね。皆が皆、金めあての女性ということはないよ。話が違う？　そりゃあんた、**話がいつも違うのが世の中で**しょう。

Q

旧友が、すい臓がんで治療中だと手紙で伝えてきました。彼は定年後、地元の学校で剣道の指導をしている熱心な男です。身体は頑健。私などよりずっと長生きすると思っていました。手紙には、「どのくらいの時間が残されているか不明だが、毎日を大切にし、治療に専念する」とありました。彼に何と声をかけてやればいいのか？　ずっと迷っています。

（68歳・男・無職）

旧友が、その手紙をあなたに出したことが、素晴らしいことだということを、まず断言しましょう。

あなたは、その人にとって人生のかけがえのない友ということです。

友がどんな気持ちで自分の病いを受け入れ、これからどう生きるべきかを、幾晩も考え、そしてあなたに、どんな心境で筆を執ったかを考えれば、あなたは、**その人との友情、培《つちか》ってきた時間を誇りに思うべき**です。

あなたがショックを受けたのは、友へのいつくしみのあらわれです。

病いであることは切ないことですが、生きることにおいて、受け入れなくてはならないものはいくつもあります。

どんな顔で病室に入ったらいいのかって？

いつもと変わらずに笑って病室のドアを開け、いつものようにへらず口を叩いてやりなさい。

きっとそれ以上の悪態で迎えてくれます。

男の友情というものは勲章ですぞ。

Q

結婚して十五年。妻とは大きな喧嘩もなく過ごしてきました。ところが先日、家電量販店に電球を買いに行った時のこと。私は暖かみのある電球色がいいと思ったのですが、妻は「ハッキリ見えないとイヤ」と、真っ白に光る昼光色を希望。家にいる時間は妻の方が長いため、妻の意見を容れて昼光色にしたものの、部屋が明るすぎて寝つきが悪くなりました。夫婦の関係なんて、こんなことでヒビが入るものですか？

（45歳・男・地方公務員）

電球の色味で夫婦関係にヒビが入るなんてことは、ご主人、そりゃオーバーでしょう。

でもこの相談は、実は、大切なことを含んでいますナ。

十五年間、家のことは奥さんにまかせてきたんですから、基本は家を守っとる立場の方の主張を聞いてあげるのが良策でしょう。

以前にも書きましたが、女性たちの領域でなされることは、彼女たちに預けた方が、結果として良い方向へいくケースがほとんどです。

あなたと同じような思いは、ほとんどの男が経験しとるんですよ。私にも同じことはありますが、たいして違わないものなら、城の主にまかせなさい。城主が言い過ぎても、山の神を些細なことで怒らせないことです。

ともかく、女たちがすることを理解しようなどと考えないことです。あの連中と、わしらは種類が違う生きものですから。

Q

夫から「子供が大学生になる十年後に離婚しよう」と言われました。さらに「十年後はお前も四十五歳だから相手を見つけるのが大変だろう。今のうちからいい男を探しておけ」とも。私は夫のことが好きで、離婚したくありません。夫に女ができたのかと思い、興信所を使って調べましたが、その気配はまったくありませんでした。探偵さんからは「単に奥さんのことが嫌いになったようです」と言われ、ショックを受けています。

（35歳・女・主婦）


そういうことを口にする男は、はっきり言ってダメでしょう。

ただ奥さん、あなたが好きでご主人と一緒にいたいのなら、きちんと言うべきでしょう。

「十年後、私は四十五歳だけど、私はずっとあなたに惚れてますから」と。

ご主人の話していることは、奥さんに気遣いを見せているように聞こえるかもしれませんが、それはご主人の詭弁《きべん》でしかありません。

探偵を雇った奥さんの行動の善し悪しは今ここでは置いておいて、そのバカ探偵から「単に奥さんのことが嫌いになったようです」と言われたのなら、

「別れるものか。私は惚れてるんだから」

という方法と、

「そんなに嫌いなんだったら、わかったわ」

と、一生楽に過ごせる慰謝料をもらって、新しい人生を送るやり方があるでしょう。

「子供が大学生になる十年後……」

なんてのは、アホの男が言う言葉でしかありません。**子供が第一、という考え方で子育てをしたら、バカで傲慢な人間を作るだけです。**

そういうご主人のためにも、ぜひ別れないで、**人生、世間の厳しさを理解させるためにも、**ずっと一緒にいてやる方が私はイイと思いますナ。

安全パイはいっさい捨てろ

Q

岡山出身。就職のため上京して二年になりますが、訛《なま》りが抜けません。敬語であれば何とか普通に喋れるので、仕事はこなせています。でも、同僚と気安く喋ろうとすると、たちまち「〜じゃけえ」「おえんで」などと口をついて出て、笑われるのです。男友達ならまあええかと諦めていますが、気になる後輩の女の子を前にすると、緊張してヘンな敬語しか喋れず、打ち解けられません。

（25歳・男・会社員）

ほう岡山の出身ですかいのう。

わしも山口じゃから。

上京して岡山の言葉が抜け切りませんか？　あんたを育てた親も、周りの人も、みな同じ言葉で話しとったんだよ。その時に何もみっともないことはなかったじゃろ？

けど、**よう考えてみいんさい**。

岡山の言葉は、あんたの血と肉じゃけぇ。何ひとつ恥ずかしがることはありゃせん。

と、ここまで書いて、全国区で理解してもらえるだろうかと、私が心配になったことは事実です。

さてあなたの悩みですが、同輩ならかまわなくて、気になる後輩の女の子に対して困っているわけでしょう。

気になるというか、気があるというか、そういう相手に良く思われたいのは、人の想いです。よくわかります。

ただ私は前に、こういう話を聞きました。

東京で生まれ育った良いお嬢さんが、九州、熊本で育った男に惚れたのは、その人の話す言葉のおおらかさと、男っぽいところだったと。三浦哲郎さんの小説『忍ぶ川』（新潮文庫）で青森出身の主人公に深川で育った娘が惚れたのも、東北の言葉のやさしさにありました。これは実は事実をもとにした物語です。

「畜生、やってられねぇよ」より、「ほんま、おえりゃせんのう」に惚れる本物の女性は、世間にヤマといると思いますよ。

あなたは訛りと言いますが、**言語はその人の血と肉ですから、捨てない方が、先に良いことがあると、**私は思います。

Q

六十七歳の主婦。ガンで余命宣告されました。夫は優しくてハンサム、とてもステキな人です。ブスの私と結婚してくれたお礼に、長生きして夫を介護し、最期を看取ろうと思っていましたが、どうやら私の方が先に逝くことになりそうです。夫に感謝の気持ちを伝えたいけれど、どう言葉にすればよいか、迷っております。まだガンのことも夫には言っていません。（67歳・女・主婦）

まずは早い時期に、ご主人に病気のことを話さなくてはいけません。

なぜ告白しなくてはいけないかと言うと、奥さんの病気が余命宣告をともなうものだからです。時間は、人間の手ではどうにもならないものです。特に、家族、夫婦の時間は特別な時間だからです。後になって、ご主人が病気のことを知るかたちになったら、どれほど切ない気持ちになるかを考えてみればわかります。

ご主人に辛い思いをさせたくないという奥さんの気持ちはわからなくはありませんが、それは逆に、ご主人に酷《むご》いことをしていることになります。

詳しい病状はわかりませんが、余命宣告を受けて、その後、長く生きた人はたくさんいます。私の義父も、三年と医師から宣告されましたが八年近く生きてくれました。友人の中には、今も仕事をしている人もいます。

まずはご主人に話して、二人で、セカンドオピニオンも含めて今後どんな治療をし、この先の時間をどう過ごすかをともに考えるべきでしょう。

最後に、奥さんはご自分の容姿をブスなどという言葉で話していらっしゃいますが、ご主人は決してそう思ってはいないはずです。他人が何と言おうが、思おうが、**ご主人だけがきちんとわかっているあなたの美しさがあるんです**。このことを機会に、そういう言い方をするのをやめるべきでしょう。

病いのことは隠しだてする類いのものではありません。

Q

先生に聞きたい。僕にはまだ親友とよべる友がひとりもいない。飲み友達や知り合いは多いけど、自分の弱みを何でもさらけだせるような相手がいなくて……。どうしたら本当の親友ができるのか教えてほしい。

（21歳・男）

どうしたら本当の親友ができるかって？

そんなくだらない考えを持つのはやめなさい。〝本当の親友〟って何を言ってるかよくわからんね。それともお互いが、おう俺たちは親友だな、そうだまったく最高の親友だ、なんて言い合うのかね。そんなもん友達でもなんでもないよ。

君は友というものの根本がまだわかってない。で、**友情のはじまりなんてのは曖昧この上ないものなんだよ。**なぜ曖昧かって？　それは相手がいるだけで喜ばしいと感じることからはじまるのであって、それも相手のごく一部を認めることから友情ははじまると言ってもいい。でもそれは相手が自分に何をしてくれたかってことはどうでもいいことなんだ。相手がこの世に、同時代に生きていて、つまり出逢ったことに感謝できるかどうかだよ。

自分の弱みを何でもさらけだせる相手だって？　そんなもの友とは呼ばんよ。君は相手が自分に手を差しのべてくれることが友情と勘違いしてるよ。**友情というのはそんな薄っぺらなものじゃないよ。**もっと緊張感があるものだ。

恋愛と愛情が違うのは、**そこに規律、品格がともなう**からだ。それでもつき合っているうちはよくわからんもんだよ、友情は。

哀しいことだが、相手を喪失した時、初めてわかる類《たぐい》のものだよ。

二十一歳なら、まだ出逢ってないのかもしれないな。君にこの言葉を贈ろう。イギリスの諺だが〝**人生の晩年が見えてから知り合った友には底知れない深い絆が見えてくる**〟。

友情というものは人がこの世に生まれてきて、それが手に入れば、これ以上の生きてきた甲斐を感じるものはないってことだ。

定義づけられないところに友情の奥深さがある。自分を磨け。そうすれば自然と友はあらわれるよ。

Q

三度の飯より競馬好き。でもスポーツ紙の情報を読んでは何十点も買ってしまい、結局儲からないことがよくあります。どうしたら勝負強くなれるか教えてほしい。

（20歳・男）


三度の飯よりギャンブルが好き？

そりゃそうだろう。飯なんか食べるより女といちゃついているよりギャンブルの方が面白いに決まっている。

種目は競馬か？

いいよナ、競馬は。まぶしいターフ。美しいサラブレッド。競馬場に行けば、全員、そこに集まってるのが全員君と同じアホ。たまらんわな。競馬場に行けば、全員、目的が同じってところが、**これこそが天国だわナ。**

3連単かね？　的中すると配当もいいし、一発で逆転だものな。たまらんわナ。ほとんど的中しない？　そんなことはないだろう。十二月初めの商店街の福引きじゃないんだから。中身が二等と三等しか入ってないのとは訳がちがうだろう。あの馬券発売機の中は的中馬券も印刷できるようになっとるのだから。君がわざわざはずして買ってるだけだろう。

スポーツ新聞の情報やら予想を読んで買っている？

それじゃ百年やっても的中せんよ。あれを作ってる記者連中は全員借金だらけの貧乏人だぜ。その連中が出す予想を買うなんて、そりゃ金をドブに捨てるようなものだ。

たまに当たる？　アホか！　そりゃ負け越しの哲学だろう。

まず**確率論をやめる**こと。こまかい情報に左右されない。流れに逆らわない。荒れる日は荒れる目を追う。もうそろそろ固いのが来るという発想が一番愚かなことだ。ギャンブルは生きものだから、その日に出た流れは易々とはかわらない。一番大事なのは勝ちパターンの確率。何十点買ってもかまわないが、狙い目が外れた時にセーフの馬券を抑える発想はダメ。**ギャンブルというのは血を出すこ**

とで骨を拾うことだから、安全パイをいっさい捨てろ。勝負強さを作るのは肉を切らせた回数と、その時、平然としていられる精神だわナ。

それでも負けるって？

そりゃ才能ないんだよ。手芸教室かどこかへ行け！

Q

先生の『志賀越みち』（光文社刊）が大好きで、くり返し読み、祇園を散策しました。主人公が「恋愛って阿呆みたいやな……」と言うくだりが妙に心に残っています。先生は、恋愛の本質って阿呆みたいなものだと思いますか？　（41歳・女）

あなたね、最初に言っとくけど、小説読んで、その内容に影響されたり、主人公の生き方を真似たりするのは、大人として変だから。ましてや私の小説でしょう。それはかなりおかしいよ。

仮に少し何かを考えるきっかけになったとしてこたえるが、「恋愛って阿呆みたいやな……」という段《くだ》りで、恋愛の本質が阿呆かどうかって？

先人も言っておる。〝世の中で愚かと言えば恋愛ほど愚かなものはない。賢明な者は人生の大切な時間を恋愛にうつつをぬかすことはない〟とまあ言っとるんだわ。

そこで考えなくちゃいかんのは、あなたも私も賢明な人間かどうかということっちゃな。でしょう？　あなたも私も賢明であるわけがないわな。さらに言うと世の中にどのくらい賢明な者がいるのか。そりゃ微々たるものだ。そうでなきゃ、世の中にこれだけ恋愛を経験したり、進行中の者がいるわけはない。

恋愛と貧乏は親戚だわね。人間は恋愛と貧乏がよほど好きなんだろう。そうでなきゃ、世の中にこれだけ貧乏な者がいるわけはない。恋愛もしかりだ。神様が言っとるわな、貧しき者は幸いなりと。愚かな者も幸いなら、恋愛は神が与えたもうた恩恵ではなかろうかと私は思う。

見知らぬ者同士が逢った瞬間に相手に好意を持つ。好きと思う。なぜかそれからその人のことが気になる。その人のことを想っただけで身体が熱くなる。風邪かな？　と思うが、鼻水が出ない。それが恋愛のはじまりだ。

それで相手を探し、ようやく探し当てて己のこころのうちを打ち明ける。ところが相手はあなたにまったく興味がない。これが失恋ですな。運良く相手もあなたに好意を抱いた。そこから毎日逢瀬を重ねる。やがてあきが来て別れる。しばらくして別の相手と出くわしまた好意を抱く。また別れて、また出逢って……。

やっぱり阿呆かもな。

生き残った人のために死者の存在がある

Q

部活の先輩を好きになりましたが、勇気がなくて告白できません。伊集院さんならどうしますか？（16歳・女・高校生）

あのね。告白っていうのは、一歩前に出るだけの話だから。キスよりカンタンだから。

大丈夫。告白されて嫌がる男は、よほど程度が悪い奴だから。それ以外の男は告白されると皆嬉しいの。

断られたらどうしたらいいですか。

そんなことわしゃ知らんよ。

屋上に立ってて一歩前に出たら死ぬでしょう。鏡見て状況判断もしないと。

それよりね、私が君なら、先輩をやめて、私に行くね。とりあえず写真送ってくれんかね。

けど君たち悩んでるうちがハナだから。

Q

先日、夫が私の女友達と二人で車に乗っている場面を見てしまいました。仕事に行くと家を出ていったのに……。明らかにあやしいのですが、怖くて問いただすことができません。浮気をしているとして、このまま黙っていた方が穏便に済むのかもしれないし……動揺しています。（37歳・女・主婦）

ご主人が奥さんのお友達の女性と車に乗ってるのを見かけたって？　仕事に行くって家を出たのに、なぜその女友達と一緒に車に乗ってるかって？　あきらかに浮気をしているって？　奥さん、ご主人を信じてあげなきゃ。そりゃたまたま運転してるところにその女友達を見かけたんだよ。それは奥さんの考え過ぎ。

待ち合わせていたように見えても、それは偶然なの！　それから二人がどこかのホテルに入ったとしても、それは女友達がホテルに用があって、それを送って行ったんだよ。

でも二人でそのままホテルに入ったって？　それも**偶然だって**。ご主人もそのホテルに用事があったんだって。仕事先の相手と待ち合わせたりね。

でもそれから二人が部屋に入ったって？

それも偶然だって。仕事先の相手との約束が急にキャンセルになったんだよ。

それで二人で部屋に入る理由がさっぱりわからないって？

その理由も偶然だって。ご主人は最近少し疲れてて休憩しようと部屋を予約したら、その部屋がダブルブッキングになったんだって。それしかないって。

それで二人がベッドに入ってたって？

だからそれも偶然だって。だってそうでしょう。まさか知らない人が先に部屋にいるなんて思わないもの。

けれど二人とも裸だったって？

奥さん、裸同士なんて、そりゃ偶然以外のナニモノでもないでしょう。

何？　もう聞きたくないって？

そりゃ、わしだって、こんな手のこんだ話を長々と書きたくはありませんよ。

ともかく偶然だと思って、その話はご主人にしないように。ご主人はきっと奥さんに言いますよ。

「そりゃ偶然だよ」

Q

いつも寝坊してしまいます。そのたびに時間を守ることは「社会の最低限のルール」だと怒られるのですが、たかが五分遅刻したくらいで特に業務に影響もないのに、なぜそんなに怒られなければならないのか、納得できません。時間を守ることは本当に「最低限のルール」なのでしょうか？　先生はどうお考えですか？

（29歳・男・会社員）

たかが五分くらい遅刻しただけで、特に業務に影響もないのに、なぜそんなに怒られなくてはならないのか？

君と同じことを、かつて二十代の時わしも遅刻の常習犯で、しょっちゅう、上司から言われてたよ。私も、たしかに遅刻はしたけれど、その日の仕事にはまったく支障はなかったんじゃないか、とこれも同じことを思ってた。

いやはや面白いもんだね。**同じことをくり返しているバカが世の中にはいるんだね。**

たかが五分ね……。

わしもそう思ってたよ。

そのたった五分という時間でひとつの国が滅亡をはじめ消失することが歴史の中で起こっているんだよ。ましてや会社ひとつが跡形もなくなるのに五分は十分な時間だったりするんだよ。

でも大事なことは、そんな時間の実体じゃないんだ。さらに言えば三十秒前にやってきたからセーフということでもないんだ。

仕事というものは大人の男の軸なのだから、その軸がかたちをかえてチームとなり、チームワークという仕事でぶつかるわけだ。一人でやれることなんか高が知れてるからな。仕事でも何でもそうだが、いざ行動に入るには足並みの揃えが不可欠だ。そうでなきゃ戦力がバラバラになるし、むしろマイナスになる。いざ行動と書いたが、すぐにはできないのが人間の為すことだ。そのためには何が必要か。それは備えだよ。

「備えですか？」

「そう、行動には準備がいるんだよ」

距離を飛ぼうと思えば助走がいるだろう。君が天才なら別だが、そうじゃないだろう。

決められた時間に皆が集まり何かをはじめるというのは、その行動の備えとして不可欠なんだよ。私は企業、職場＝運命共同体説だから、一人の人間のイイ加減さは、例えば大きな船の部品のひとつのイイ加減な作りと同じで、その船が沈むように、会社を傾かせるんだ。

「そんな大袈裟な……」

「そう思うかい？　ならトップに聞いてごらんよ。否定する人はいないよ」

目に見えているものはすべてあやふやな側面をかかえているのさ。

あとひとつ、**遅れないで行くのは礼儀**だ。誰だって寝坊したいし、楽をしたい。それを敢えてそうしているうちに何でもないことになる。大事なのは誰も皆楽をしたいが、そうしてないことをわかることだ。

結論だが、今のままの考えなら人に迷惑がかかるからとっとと会社をやめろ。それがむしろ礼儀正しい大人の判断だ。

Q

昨年の夏、母が亡くなりました。不思議な話ですがそれ以来、三歳の息子がごく稀に「おばあちゃんと遊んだよ」などと口走るようになったのです。もし本当なら、会ってこれまで育ててくれたお礼を言いたいな、と思いました。先生は幽霊

一を信じますか？　（48歳・女・主婦）

ひさしぶりにいい質問だね。

ワシ、この連載、今回でやめたいと思ってたの。**よくこれだけバカが世の中にあふれているんだと、**呆れ果ててたんだよ。ホトホト嫌になってるんだ。

今年はお母さんの初盆だろう。

三歳の息子が、今日ばあちゃんと遊んだよ、って笑って言うんだ。

そういうことは世の中には間々《まま》あることだし、あって当然なことだよ。

あんたは四十八歳の女性か……。

それなら世間のこと、人間がやること、そういうものがだいたい見えはじめたでしょう。

人間は必ず死ぬわナ。

ワシも、あなたも、それだけが確かなことだろう。

往生して少しずつ息が弱くなって死ぬ者もいるけど、大半の人間は、ここで自分が死んでしまうのか、と戸惑って死ぬし、ましてや死ぬことを予測だにしないで死んでいくわけだ。でもそれはすべて他人のことなんだナ。

ワシも、あなたも自分の死はなかなか想像つかんわナ。

それでも自分はどういう死に方をするかと考えてみると、大半が、こんなはずじゃなかったって死に方だし、**死は唐突に訪れるものだ。**

そうだとしたら、ついさっきまであなたが人生でいろいろ思い描いていたものが肉体とともに消え去るわけだ。

——そんなのってありかよ？

そう思った感情とか、思いが幽霊でも魂でもいいが、この世に残るんじゃなかろうか。

——本当にそう信じてるんですか？

ワシは二十歳の時、十七歳の弟を海で遭難死させた。

葬儀が終ってからも、母親は弟が顔を見せに来たとか口走っていた。ワシは、それは本当に弟は母親の所にやって来たんだろうと思った。

その方が弟らしいし、それを見た母親も彼女らしいと思った。

日本に盆という行事があって、死者が一年に一度、戻ってくるというのはきわめて自然な考え方だと思うぜ。

そりゃ、死後の世界があるかないかなんて、ワシにはわからないが、すべての死者が帰ってきて生者に逢うのなら、生き残った人のために死者の存在があると考えるのがまっとうだろう。

この夏、東北で多くの人が、会場や廃地でたくさんの人霊《ひとだま》を見るだろうよ。子供の人霊、母の人霊、老人たちの人霊……限りはないと思うぜ。でもね、それは怖いもんでもなんでもないんだ。

——自分たちは大丈夫だよ。

と告げに来た人霊だろうよ。

哀しいことだが、人間が生きて行く上でそういうものは追い追い、認めなきゃいけないものだよ。

それであなたの三歳の子供なんだけど、

「そう、父さんも母さんも遊んだよ」

くらいに明るく応えた方がいいんじゃないのかね。

ともかく今年は特別な夏だ。人の魂のことも少し考える機会になるといいナ。

Q

親友が癌で入院しました。二度目の入院で、もう先も長くないと、本人もわかっているようです。お見舞いに行ってやりたいのですが、どう接していいかもわかりません。僕は彼に何と声をかけてやるのがよいのでしょうか？

（39歳・男・会社員）


友人が癌を患《わずら》って、様子がかなり悪いか。

それで君は今、三十九歳か。これから先友人だけでなく、家族、親戚を含めてこういうケースは増えるぞ。

見舞いに行ってどう接したらいいかって？

その前に、治療の邪魔にならないこと、相手の病状を把握しておくことだ。そして面会ができて、相手も君が来るのを待っているなら、ともかく見舞いに行くことだ。

その時、いくつかの注意点がある。
・食事時は避ける。
・起床直後、就寝前は避ける。
・急に病状が悪くなることを考慮して出かける。よくこれがあるんだ。

急な事態をのぞけば、見舞いの時間はおのずから週末の午後の数時間になるはずだ。

そうしてこれが肝心だが、見舞う時間は短く。最小限にする。お茶のもてなしも前もって断る。気分としてはドアから顔をのぞかせて、ヨオッと笑うくらいがいいんだ。さらに言えば、**見舞いに行かなくても済むなら、その方がいい**。

じゃ見舞いじゃなくて、花か何かを贈ろうとする時には、相手の年齢、その折の立場、状況を考えて、花よりも何人かと相談して一緒に金を包む方がよろしい。無粋と思われようが、治療というものには金がかかる。

さて見舞いに行ったとして、相手にも死を承知している雰囲気があるとしたら、何と声をかけるか？

君ね。**人生の大切な時の言葉を、人からの借り物で口にしてはダメ**だよ。自分のこころから出て来るものを口にすればいいんだよ。私はこころが通じ合っている仲なら何も言わなくともいいと思うよ。ただ泣くのはよした方がいい。涙は何の解決にもならないからね。

「遊びは卒業」なんて言っちゃダメ

Q

まったく貯金ができません。同期は着々と金を貯め、やれマンションの頭金だ、結婚資金だと言ってますが、僕の預金残高はずっと五万～六万円。給料が入るとすぐネオン街にフラフラ……散財してしまうのです。先行き不安な時代にこれでいいのか？　と自問自答しますが治りません。もう性分だと思ってあきらめるしかないのでしょうか？

（34歳・男・会社員）

三十四歳のサラリーマンで貯金が五万～六万円しかないって？

そりゃ普通だろう。

給料が入るとすぐネオン街にフラフラ行ってしまうって？

それも普通だろう。

会社の同僚たちは着々と金を貯め、マンションの頭金とか結婚資金を持ってるって？

それが異常だろう。

給与が入るとすぐに散財してしまうって？

君ね、散財って日本語は、或る程度まとまった金を得たり、持ってる立場の者がその金を水を砂場に撒《ま》くように使う時に初めて使う言葉なの。

君の場合は右から左に移動するだけなの。

よく考えてごらんよ。君がどんな会社に勤めて給与をいくらもらってるか知らないが、君のような若さでなまじっか小金を持っているとイイことなんかないって。金というもんは奇妙なもんで、少しまとまると必要以上にその金にこだわるというか固執する感情が生まれるの。

第一、結婚資金があるからって、イイ女がそんな男の所にハイハイってなびいてくるわけがないじゃないか。せいぜい、世の中、人生を数字と優劣でしか考えられない程度の女しか寄ってこないぜ。

マンションの頭金だってそうだよ。

ケチケチして貯めたお金だからって、安くて広い物件なんて飛びついてしまうと欠陥のあるものに当たったりするのがオチだよ。

三十四歳の君が今、やるべきことは金なんかにこだわらず、本物の男になるために自分を鍛え、本物の仕事を覚えることだろう。

少々のことではガタガタしないために己を鍛えて、強靭《きょうじん》な自分を作ることだろう。

このふたつを手に入れることができたら、イイ女が家を背負って君の所にあらわれるかもしれんぜ（まあ、そんな話、一度も聞いたことはないが……）。けど家なんて自分から持とうと考えちゃアカンぜ。そういうもんは君がきちんと生きていけば周囲から準備してくれるものだ。

ツマラナイことで悩んでないで、働け、遊べ！

Q

毎朝の通勤電車が嫌で仕方ありません。あんなにぎゅうぎゅう詰めにされるなんて、何か間違ってる。この前は電車が急ブレーキをかけたためそばの女性にぶつかってしまい、痴漢に間違われたというか、睨みつけられました。外国では満員電車なんてないのに、なんで日本はこんなことになっているのでしょうか？

（25歳・男・会社員）

私も若い頃に満員電車に乗ったことがあるが、あれは本当に疲れるものだ。

私の場合、少し背丈があるのでちょうど胸元にオバサンとかＯＬの頭部が迫ってくるので難儀したよ。女性なら我慢できるがオジサンの場合、あの頃はまだ頭にたっぷり整髪料（ポマード）を塗ってるサラリーマンが多く、その匂いが耐え難かったな。駅によってドドーッと乗客が入ってくる時があって、私、腕も長いので、押されたり引かれたりしているうちに、あれ？　俺の腕どこに行ったんだ？　なんて状態になり、腕を引き戻そうとすると一人置いた位置にいたオバサンから、どこさわってんのよ、と怒鳴られたりしたもんだよ。私にすれば、ナンデ、わしが母親くらいの歳のあんたの尻をわざわざさわらにゃならんのだよ、と思ったが、その頃はまだ純情な学生だったから、ス、ス、スミマセンと頭を下げてたよ。その時に、社会人になってサラリーマンになったら、これを毎朝やらねばならんのかと憂鬱《ゆううつ》になったもんだ。

でも私は満員電車での通勤はほとんど経験しなかった。

なぜ、それを経験せずに済んだか？

私が最初に就職した会社の社長の一言だった。私の勤めた会社は社員が三十人程度のちいさな会社だったが、社長が先頭に立って働く職場で、新入社員は朝の七時半に出社して社長の車を洗車させられ（その時間すでに社長は出社していた）、社長室の掃除もさせられた。ゴミひとつないように掃除することや雑巾の空拭きなどもこの時学んだ。

そりゃ他の会社の新入社員がゆっくり出社するのを見て羨《うらや》ましがった。ところが或る日、社長が新入社員にこうのたもうた。

「おまえたちは他の会社の新入社員はゆっくり出社できてイイナと思ってるだろう。だがそれは間違いなんだ。**人と同じこと、同じ発想で社会を見ていたら、人と同じ程度の人生しか送れないんだ**。ましてやおまえたちのように頭のわるい若者は、おまけに家が大金持ちでもないんだから、世の中でひとかどのことなんぞまずできないんだ。ならば**せめて人より朝早く起きて出社をすれば**それだけでも何かがかわる。人と同じ時間に出社することはどういうことなのかを見てみろ。満員電車にもまれて、くたくたになるし、車にでも乗ってこようものなら大渋滞だ。それがたった三時間早く起きて行動すれば通勤は負担にならずに済むし、道だって空いている。おまけに洗車、掃除をして朝から冷たい水を使えば身体もしゃきっとするしすぐ働く態勢がとれる。時間が余ったら新聞の読み方ひとつも違ってくるし、仕事の準備もできる。ためにならぬことは何ひとつないだろう。わかったか。私の先輩の企業人として**一流と呼ばれた人たちは皆朝早く街に出ていた。半人前の間に人の倍何かをやらねばダメなんだ**。ただで社会勉強、人生勉強をさせてもらっとるんだ」

——なるほど……。

とダメな新入社員は思った。

数年の間だったが、それが身についたことはその後の社会への考え方に大変に役立った。今でもその社長に感謝している。

〝**鉄は熱いうちに打て**〟というのは正しいと私は思っている。

さあ、この話を聞いてどうするかは君の考え方次第だ。

えっ？　家が、アパートが会社から遠い？

何を言ってるの。始発は夜明け前には動いてるぜ。子供の通学やら、妻の寝起きが悪いって？　君、誰が働いて、女、子供を食べさせてるの。家長の長は、君主ってことだぜ。

Q

つき合っている彼が一年間短期留学で海外に行っています。今半年が経過したのですが、どんなに電話で愛を交わしても直接逢って触れ合わないと気持ちは冷めていく一方です。「逢えない間も想い合う気持ちだけで大丈夫」なんてとんでもないです。自分を磨く回数も減り心なしか太ったような……。あと半年後彼に逢うまでに私はどうすればいいのでしょうか？　先生はたとえ逢えなくても、相手に

一対しての愛情をキープし続けることはできますか？（21歳・女・大学生）

面白い相談だね。自分の気持ちに素直なのがいいね。

女子大生のお嬢さんにも、読者の皆さんにも恋愛中の男と女について少し話しておきましょう。彼氏が短期留学で一年間遠い場所に行ってしまった。まあ恋人が短期の海外出張で逢うことができない、という状況でもいい。

半年が過ぎて、電話やメールで接しているが、気持ちが少しずつ冷めてきているのではと不安になる。

そういう気持ちの変化を、不人情だと言う世間の人は多いかもしれんが、わしはそんなふうにはちっとも思わんね。

いろんなタイプの人間がいるのが世の中で、恋愛をこころと身体の寂しさを埋めてくれるものと見なしているなら、そういうこころ持ちの時は新しく好きになる人と出逢って、恋に落ちてもかまわんと思うよ。

あなたたちは結婚しているわけでもないし、婚約しているわけでもないんだから。

自分の気持ちに素直に行動すればいい。

恋愛というものは、理屈でするもんじゃないんだから。男と女が出逢って火が点くのは、これは生物学的には、種の保存の本能が人間種のオスとメスに大前提としてあるのかもしれんが、そんなことはどうでもよろしい。心身で確認し合うってことが基本だから。〝**恋愛にとって安堵を持てる距離と時間は大切なことである**〟というのが、ぐうたら作家の持論だから。

愛情をキープし続けられるか、って。あんたね、**愛情は飲み屋のボトルじゃないんだから。**

彼氏が可哀相だって？

彼女が薄情だって？

薄情は女の特権でしょう。**男はいつだって可哀相なのが世の中の決まり**ですから。

Q

死ぬのが怖くて、どうしようもなくなるときがあります。死んだら意識も身体もなくなってしまうと思うととても心細い気持ちになります。（28歳・女・書店員）

〝死〟ということについてはこの世に生を受ければ誰もが一度ならず考えるもの

だから、あなたが〝死〟に対して恐怖を抱くのは当たり前のことです。〝死〟はどんな人間も逃れることができないことです。それは皆がわかっているのですが、いったん自分の〝死〟ということを考えると、人は不安になり、怖くなるのです。

ではその不安をどのように解消すればよいのか?

ひとつは、**〝死〟はひとつの通過点**であり、次に素晴らしい世界があなたを待ち受けている、と考える。これが一番手っ取り早くて、信じ込めれば、不安は解消すると思います。

——だからどこかの宗教を信じるべきだ。

私はそういう訳のわからないことは言いません。

あなた一人がそれを信じるかどうかの問題です。

次にこれは私の考えですが、**この世に生を受けた、それだけでもう十分じゃないか。**生を受けている歳月が長かろうが、短かろうが、親も自分を大切にしてくれたし、友達とも出逢えたし、それ以上の何を望む必要があるのか、と思っています。

〝見えないものにおびえない〟

〝わからないものに答えを求めようとしない〟

そういう考え、いや覚悟を持つことが私は大切だと思います。

〝死〟なんてたいしたことじゃないって。第一、死んだら、そう思っていた自分も失くなるのだから。

人間には、やがて誰もが死んでしまう、という潔《いさぎよ》い終焉《しゅうえん》がある。それが美しく哀しいのだと、私は勝手に思っています。

Q

飲む、打つ、買うで人生過ごして参りましたが、七十歳を迎え、飲む、買うは卒業。それでも周りの人から「年寄りらしくしなさい」と責められます。しかし、どう考えても人格・品格ともになわず、どうすれば「年寄りらしい」のかわかりません。

（70歳・男）

それは御大、しあわせな人生でしたね。

世間の、ごく普通の人が、人生で、飲む、打つ、買う、なんて生き方をできるわけはないでしょう。

七十歳で、自分の人生に対して、そういう感慨を抱ければ、もう十分でしょう。私も、少しばかり、飲む、打つ（もうひとつはしませんので）をしたいと抵抗しましたが、満足に飲めたことも、打ったことも記憶にありませんから……。

さてそれで、あなたは周囲の人には、まだその遊びをしているように映るのでしょうか、〝年寄りらしくしなさい〟と言われてるんですか。おかしいですね。

本当は、御大は、自分で気付かないうちに、いまだに〝飲む、打つ、買う〟をやっていて、それを忘れてるだけなんと違いますか。

それなら羨ましいし、イイじゃないですか。

〝遊びは卒業〟なんて言ってちゃダメですよ。くたばるまで遊び続けて、前傾姿勢で倒れて、それでオサラバがやはりまとまりがいいですナ。

人格、品格がともなわないって、御大、それは**多くを望み過ぎ**でしょう。

それだけ遊んでおいて、人格、品格を望んじゃ、神さまに叱られますぜ。まあもっとも、自分に人格、品格があると信じている輩がいたとしたら、そいつがおかしいに決まってますからナ。

どうすれば〝年寄りらしくなる〟かなんてバカなことは考えずに、今までどおりにやっていくのが一番でしょう。

今さら〝生きるフォーム〟を変えても、ヤケドするか、つまずくのがおちでしょう。

御大は御大らしくパァーっと行きましょう。

Q

先日、七十三歳のボートレーサーが引退することをスポーツ新聞の記事で読みました。これまではピークを過ぎても現役を続けるアスリートについて痛々しく思っていたのですが、こういう凄いスポーツ選手が辞めてしまうのは淋しいなと考え直しました。男の去り際というものはどうあるべきなのでしょうか？

（41歳・男・公務員）

プロのスポーツ選手の**引退は難しい**ものです。その七十三歳の競艇選手は立派だよ。

ここまで続けるには、常日頃から厳しい生活を自分に課していたのだと思う。若い選手にも手本になっていたんだろうナ。

ただ競艇という競技の性格上、技術プラス、艇をしっかりコントロールできる体力があれば、或る程度、戦いになる点もあったんだろうナ。ではその人がなぜ引退をしたか？

それは、誰が相手であっても闘い抜ける闘争心、つまり気力が、以前と違ってきているのを知ったからだろう。

元ヤンキースの松井秀喜さんが、引退の会見をすると報告してきた時も、私は、「ダメです。今は引退の時ではないと思う」と反対したのだが、後日、彼が家の中にあった野球の道具を自ら片付けて、仕舞った話を聞いて、相手の内情もわからず、バカなことを口にしたと反省した。三十年近く、かたときも離すことがなかったバットを自分で仕舞う折の、彼の心境を思うと、さぞ辛かっただろうナ。

それで、あなたへの答えは、〝**気力**〟**が失せた時**が、引退の時でしょう。

初出　「週刊文春」
二〇一〇年十二月三十日・二〇一一年一月六日合併号〜
二〇一七年三月九日号
書籍化にあたり、抜粋、修正しました。
単行本　二〇一七年五月　文藝春秋刊

本書の無断複写は著作権法上での例外を除き禁じられています。
また、私的使用以外のいかなる電子的複製行為も一切認められておりません。

文春文庫

女《おんな》と男《おとこ》の品《ひん》格《かく》。

悩《なや》むが花《はな》

定価はカバーに表示してあります

2020年2月10日　第1刷

著　者　伊集院《いじゅういん》　静《しずか》

発行者　花田朋子

発行所　株式会社 文藝春秋

東京都千代田区紀尾井町 3-23　〒102-8008

TEL 03・3265・1211㈹

文藝春秋ホームページ　http://www.bunshun.co.jp

落丁、乱丁本は、お手数ですが小社製作部宛お送り下さい。送料小社負担でお取替致します。

印刷製本・凸版印刷

Printed in Japan

ISBN978-4-16-791442-4

（　）内は解説者。品切の節はご容赦下さい。

伊集院　静
受け月
願いごとがこぼれずに叶う月か……。高校野球で鬼監督と呼ばれた男が、引退の日、空を見上げていた。表題作他、選考委員に絶賛された「切子皿」など全七篇。直木賞受賞作。（長部日出雄）
い-26-4

伊集院　静
冬のはなびら
親友真人《まこと》の遺志を継ぎ、小島に教会を建てた元銀行員月丘と彼を支える真人の両親との温かい心の交流を描く表題作など、市井の人々の確かな〝生〟を描く六つの短篇小説集。（清水良典）
い-26-10

伊集院　静
乳房
愛する妻は癌に冒されていた……。何気ない会話の中に潜む情愛。そっと甦る、優しく切ない過去の記憶。吉川英治文学新人賞を受賞、映画化もされた珠玉の短篇集。（小池真理子）
い-26-12

伊集院　静
機関車先生
新しい先生は、口をきかんのじゃ……瀬戸内の小島の小学校に、北海道からやってきた「機関車先生」。生徒は七人、けれどもそれはかけがえのない出会いだった。柴田錬三郎賞受賞作。
い-26-13

伊集院　静
羊の目
男の名はサイレントマン。神に祈りを捧げる殺人者――。戦後の闇社会を震撼させたヤクザの、哀しくも一途な生涯を描き、なお清々しい余韻を残す長篇大河小説。（西木正明）
い-26-15

伊集院　静
少年譜
多感な少年期に、誰と出会い、何を学ぶか――。大人になるために必ず通らなければならぬ道程に、優しい光をあてた少年小説集。危機の時代を生きぬくための処方箋です。（石田衣良）
い-26-16

伊集院　静
あなたに似たゴルファーたち
ゴルファーならば、誰にでも心当たりのあるワンシーン。深遠かつ甘美な世界を端正な筆致でとらえた、この著者ならではの小説集。プレーの前夜に読むことをお薦めします。（島地勝彦）
い-26-17

（　）内は解説者。品切の節はご容赦下さい。

伊集院静の流儀
伊集院　静

危機の時代を、ほんとうの「大人」として生きるために――。今もっとも注目を集める作家の魅力を凝縮したベストセラーが待望の文庫化。エッセイ、対論、箴言集、等々。ファン必携の一冊。

い-26-18

眺めのいい人
伊集院　静

井上陽水、北野武、色川武大、松井秀喜、武豊、宮沢りえ、高倉健など、異能の人々の素顔が垣間見える、著者ならではの交遊録。大ベストセラー『大人の流儀』は、本書があってこそ生まれた。

い-26-19

浅草のおんな
伊集院　静

三社祭、ほおずき市、隅田川……。女将の料理と人柄に惚れた常連客でにぎわう浅草の小料理屋「志万田」を舞台に、揺れ動く女心と人々の悲喜交々を細やかな筆致で描く。　（道尾秀介）

い-26-20

星月夜
伊集院　静

東京湾で発見された若い女性と老人の遺体。事件の鍵を握るのは、老人の孫娘、黄金色の銅鐸、そして星月夜の哀しい記憶……。かくも美しく、せつない、感動の長編小説。　（池上冬樹）

い-26-21

悩むが花
伊集院　静

「究極のエロソングを作りたいのです」という歌手の桑田佳祐さんも……。「悩んだことがありません」という作家の桐野夏生さんも……。あなたの相談に、伊集院静さんが答えます。

い-26-23

人生なんてわからぬことだらけで死んでしまう、それでいい。
悩むが花
伊集院　静

週刊文春好評連載「悩むが花」第二弾！　「ちまちま言ってないで街に出ろ」。読者の悩みに時に親身に時に厳しく回答する伊集院氏の言葉を読むうちに、不思議と元気が出てくる一冊。

い-26-24